U0506944

2016

2016中国年度
最佳散文诗选

龚学敏　周庆荣　主编

四川文艺出版社

目录

熔岩上的苔藓 （外三章）

爱斐儿

春天稠成了海，柳暗花明，众神皆醒。

她喊来野草莓、喊来兴安红杜鹃、喊来许多流浪的草籽前来陪伴它心仪的岩石。

她那么小，小得像苔藓一样——其实就是苔藓。

身旁的鸟声、风声、水声、隐隐的雷声皆有回声，只有她毛茸茸的声音无法飞得更远，甚至泪水也小得让人难以发现。

如果人生是一场虚构，她相信自己离真实最近，她相信是美好的神灵把他们安排到一起，成为彼此最贴心的旅伴。

在深深的时光深处，阳光时常照耀他们，风霜也时常垂临，他们拥有不为人知的梦，无人可见的澎湃。

在阿尔山，有人在七里香里找到了归属，有人在野玫瑰中安放雄心，而沉默寡言的苔藓找到了更深谙沉默的熔岩，就像找到了自己小而坚实的祖国，虽然连最小的香气也不曾拥有，仍只是满心伤悲而欢喜地爱着。

不冻河

如果说一滴雨是情怀，一条河就是天涯。

所以，三两滴雨水不足以完成一条河的前世今生。

比如不冻河，需要汇聚一万吨雨水才能成就奔腾，而一颗永不结冰的心，需要怀抱太阳出生。

在阿尔山，你要沿着青山绿水一直走，才能得到不冻河从心底捧出的酒：

第一杯是叮咚作响的马蹄。

第二杯是终年不息的荡漾。

第三杯混合了燃烧、彩虹、和雷鸣……

如果你还没有醉去，那就退回白雪环绕之中，与初升的朝霞打坐雾气蒸腾的水面，终日痛饮不冻河流水的回声。

哈拉哈河

用清泉洗过双眼，你便启程。此刻，水草和野性都在唤你。

你怀揣未来与涛声，一路向西，身后是辽阔的北疆。

想必这一路有些小疏狂，也有些小陶醉。

只是你为何在贝尔湖只是打了个盹，就洗净身心往回走，就像心中装着祖国的人急于落叶归根。

一条河，去又复回，绝不像一支曲子误入了时光那么简单。

谁会用清风明月唤你哈拉哈？就像一个人怀着永不凋谢的三月，就像一个人在夜晚习惯举着灯迎接你回家，还是你听到了神的召唤？

难道是一路变薄的炎凉，让你想起了母亲温暖的初心？

风一吹就是一春。

阳光、天空、青草、森林，满世界浩荡的清风都是你的疆域，纵然心底拴着万匹野马，你还是转回了身。

河 谷

时光下切，两面峭壁划开古往今来，熔岩上苔藓暗生，红杜鹃盛开于绝壁。

一条红色的河顺着一条深谷向风景深处走——

一路伴随峥嵘的岩石和密密的落叶松。

如果熔岩约等于从天而降的梯子，风就有贯穿之美，熔岩上的苔藓就约等于空谷的兰花，那六月的积雪就是真的。

而我到米并同时触到了它们——

在落叶三尺、树高千丈的红河谷，给它未曾到达过的从前，加上一段天崩地裂的故事，外加一段烈火换清泉的人间。

在峡谷底部，流水的回声似有源头，我无法向任何一种事物发问：

我曾是谁？

被风吹走的前世，会不会还我以今生的丝绸？

选自《诗潮》2016年第2期

甘南：八朵祥云（节选）

堆　雪

一朵云带路

一朵云带我上路。我追随它留给大地的唇印。

一朵云带我去甘南，把我的血压和心跳带到甘南的高处和低处，明处和暗处。

高处和明处是雪山，低处和暗处是溪水。

风吹草低。中间大片大片的绿，是我垂涎三尺的玛曲草原。

一群羊带我消逝于草甸深处。一簇花让我和石头误入歧途。一头牦牛，把我驮到银光闪闪的雪山下。一只牧羊犬，摇着尾巴，引我去见毡房旁刺绣的卓玛……

我该如何说出内心的愉悦？更多惊艳，让云朵去描述。

我还得感谢天空那一只鹰，感谢它波澜不惊的翅膀，一路上美的引领。

我更要感谢风情万种的碌曲，盛满美酒的银碗等待月亮和星星升起，款待骑马而来的客人。

天，已无法表达蓝。水，已无法表达远。山，已无法表达高。草，已无法表达绿。寺，已无法表达静。

一朵云带我到甘南。我怕我会爱上，那个云朵一样走远的人。

在卓尼的麦田埋下泪水

为了忘记过去，我种下一千亩麦子。

将低矮的屋舍与高迈的星空，隐匿其中。

我的爱人，已经搭上行往远方的马车。熟睡的孩子，于昨日托付善良的邻居。

剩下一群羊，那是洮河里还没净身的乌云。黄昏，它们将在一声嘹亮的鞭影中，走向天际。

我宁愿孤独一世，也不愿舍弃那片形而上的麦地。有南风，有鸟鸣，麦子们在酒香中扬花吐穗。谷子和高粱鎏金成熟，我将在她们怀里睡去。

偶尔大醉，随风醒来，在麦行间寻找田埂和光阴。麦田重叠，错落，倒伏，站起，荡漾成海子或梦，我在深夜不忘啜饮她的歌声。

金色的麦浪迎来惊艳的生命，同时也为我举起旷世的葬礼。

在卓尼，每一粒灼热的汗水，都是羊背上滚落的清晨。

我在一望无际的麦田埋下泪水，等待收获，风调雨顺的来生。

潜入迭部的一只羊

一只颈项挂着铃铛的牦牛，帮我找到草地。一只乌云和闪电开过光的鹰，引我走进雪山。黄昏很快到来，我已看见迭部隔世的灯火。

嘘，别出声！今夜，我将在她的怀里借宿。

雪山就在胸前，它星光璀璨的白，让我始终不敢对视。涛声究竟来自松林还是幽谷，我也无法确认。渐次酥麻的夜里，奶水和溪流的涤荡，令人恍惚。

大拇指摁开的地方，山神始终站在目光稀薄的天空。绕开初春的桃红柳绿，更美的田畴，需要在云层里耕耘。

起初，我是随着一朵云悄悄潜入甘南的。之后，把自己伪装成一只尾巴肥硕的羊，混入迭部无边的羊群。我知道，作为灵魂的漂泊者，一朵云或一只羊，才有理由长时间逗留在高原的草场。

是夜，奇静的迭部，依旧在微醺的土酒中。牧羊犬趴在栅栏外仰望星空。河曲马回归露出梦乡的岩画。牦牛席地而卧，反刍夜色中微明的雪峰。光影交错的古叠州，银质的酒碗在篝火中碰响……

从一座雪山到一粒心怀善念的玉珠，从一片草原到一株顺风拔节的青稞，从一只羊到一朵安身立命的云，从一个人到一块立地成佛的石头。

迭部，当我放下旧念接近远方，请把我视作黎明前挤出栅栏的阳光。

选自《星星·散文诗》2016年第7期

局　限 (三章)

梦天岚

某个地方

短暂的、或许永远也无法抵达的某个地方，属于未知，属于一个人对自身的轻视和怀疑。它更像是一个暗示，需要默契，需要心领神会，而不是自以为是。

你知道这些，从你手中放飞的鸽子也知道这些，尽管它的飞翔在更多的时候是盲目的，有着因空腹带来的饥饿感，也有着因离群而产生的小小的恐慌。但这些并不重要，它不在乎这些，它有着无穷尽的精力，飞着，忽远忽近。是的，它带着它的怪脾气一直在寻找。它能认出某个地方，那里有它期待出现的秘密符号，尽管它从来没有来过，甚至连想象也从未抵达，但它拥有这样一种神奇的能力。它能认出来，它飞翔的目的最终是要找到一个落脚的地方。

同样，我也知道某个地方，我时刻准备着绳索、匕首、毒药，像一个歹徒，随时准备着扑上去。无须担心会被人发现，也无论是在白天或者晚上，我要尽量按捺住自己欢跳的心情，去感觉某个地方的存在。它诱惑着我，让我着迷。它甚至挑逗我，用小时候不能到手的纸糖，用一场即将开始的盛大舞会。当然，这样说纯属于自作多情，其实，它根本不管这些，它只是像个阴影，或者一个毒瘤，甚至只是一个早已设好的圈套。

为此我警告自己：一定要放慢你的脚步。

但我总是等不及。是的，我仍然两手空空。

为此，我虚拟了自己的千军万马，虚拟了获取世人嘲笑的所有勇气。某个地方，就在离我不远的地方，看着我，与我对峙。

属于我的鸽子呢？我的鸽子已飞了很久，它一直都没有停下来，尽管我体内的空间是如此狭小，但它还是不知疲倦。

局　限

现在是夏天，窗外的五月梅、太阳花、石榴正在盛开，它们是粉红、艳红、暗红，这种循序渐进的色调仿佛暗合着某种内在的秩序。他站在窗台边上，这燠热的天气，这来自脾气和烦闷情绪的无谓争执，让他一分为二，正像他在镜中看到的另一个自己，两个男人相互指责，相互露出鄙夷不屑的神情，到底是谁的错，不能确定。这个夏天其实只是一年中四季重演的又一个花招，但意义已截然不同。曾经自以为是的一切突然让他茫然不知所措，好像所有的意义在一瞬间全部得到了消解。至此，争执暂时告一段落，两张相同的脸孔，你对着我，我对着你，剩下欲言又止的嘴巴，剩下室内得以静止的空间，直到两者又合二为一，双方正式和解，只是眼里的光一点点黯淡下来。

是的，就像一盏老式的煤油灯，挂在屋子的一根横梁上，它曾经灿若梨花的舌头在一点点萎缩，带着烧焦之后的僵硬，被破碎的蛛网拉扯着，那个经常用一根铁丝拨弄灯芯的人迟迟没有出现。风吹不进来。玻璃罩口，黑烟如漆。现在，即使是这样的光亮也是奢侈的。

他早已不是那个从前的自己，对光的敏感让他习惯于和黑暗为伍，习惯在黑暗里触摸到自己。只有在这样的时刻他是真实的，他甚至感觉到所有的虚幻也是真实的，他的躯体他的年龄，包括他曾经有过的所有的想法。他想，他是一只地老虎，一直在自己拱动出来的洞穴里爬行，现在他的身后空出了一大截，他只能看着那些潮湿的、黏稠的泥粒涌堵过来，他想奔跑，当他知道自己奔跑的盲目性，又不得不慢下来。未来对他而言更像是一个未知的深渊。

"我要去哪里？"他问自己，除了时间铁定的方向，他对即将属于自己的空间没有任何把握。空气冷硬得如同石壁。"我只能待在这里，哪里也不去。"他暗示自己。他要把自己当成是这个世界的陌生人，然后把仅剩的那点作为人的小小乐趣在太阳帽下翻来覆去地把玩。他甚至相信，属于他的词语还在路上，远远没有到来，或者永远也不会。

"原谅我的无知吧。"他说。这是他的心里话，不是在黑暗里说的，此时的他，已走在这个夏天恶毒的日头下。

悬　念

还没有到来，你必须等待，甚至连你的等待也是未知的、没有把握的。尽管它有时值得期待，但悬念就是悬念，是悬着的一种念想，也不排除它的悬乎，和由这种悬乎所带来的神秘，是的，我们的好奇是与生俱来的，是被摸得溜光的铜把手，而神秘是粗粝的砂布。

由它而生的结果或许已经发生，但它还在路上，还没有到达你的跟前；或许没有什么结果，但这也是一种结果，一种没有结果的结果，你甚至已经知道了结果，只是一直不敢相信，你宁愿把它再悬起来，像一枚苦胆，一边想着它的苦，却从不用舌头去舔；或许结果已在你心里，你只是想再证实一下，证实一下你判断的能力，证实一下这一结果的准备性；或许已没有或许，悬念依然是悬念，就像是系在神腰间的一个锦囊，总是在你仿佛能够看到的地方，随着神身体的晃动而晃动，忽远忽近，忽近忽远。

当你知道结果的时候，无论好坏都不要告诉我。

选自《星星·散文诗》2016年第1期

隐约有离场的动静

懒　懒

1

进入秋季，遇见野外成片疯长的
叫不出名字的植物。
让人心生恐惧，又生出归属感。
天气陡凉。他发来修改一年的情诗。
我告诉他最近的语言障碍：
缘于向内生长的执拗和《皂罗袍》。
他说，一个人想具体但具体不起来，感到难为情。
"受过伤的人最危险，因为他们总能履险而幸存。"
扯了两根我的长头发，看见它们交叉落在你办公室乳白
色的地砖上。
我认可了这种披头散发的日子。

2

一整天都想写首诗，凑了几个词汇：
蓝色的冰冷的荷叶状的咆哮。
还有些片段，我不知该怎么链接：
白天在红树林海湾，看见石头，看见它们身体上泛微小的光。

你要求我走到你身边去吻你，于是我走过去吻了你。

关于自省，不敢问的恐惧总是大于不敢答的恐惧。

楼上的女人半夜里回来，高跟鞋声音总是过于沉重。

她每踏上一步楼梯，就像有一把狠心的匕首想更深入地捅入
一个无头人漆黑的腹部，直到她推开门。

好的睡眠，就是没有人。

经过你的坟墓。

3

排卵期过后，乳房就是两只漫不经心的舶来品。

如果去看心脏医生，对他叙述——

我那里本来就像平静的湖面，

突然有一条鱼跳出来。

下午摆个椅子坐在轰鸣的洗衣机旁边读短篇小说，感觉
那时的房子是一个完整的房子。

房子里有缠绕的被单，游泳的袜子，圆柱体形状的声音。

房子外面只有椅子和我。

用茶匙刮结块的红糖，我生出个奇怪的预感，预感红糖
的伤口是白色的。

我觉得我的笑，对我的五官是一个破坏。

我是谁的褐色鸟群?

4

他说我外表文弱。他接着说，我将野性全部写在文字里。

我幽幽地答应，可不可以反其道而行之：

"看见什么吃什么，吃最补的唐僧。吃最烂的毒人。"

只有在吃石榴时会感觉人世有嶙峋的新鲜感。

午睡到五点半，梦见披一件大号条纹衬衫躲进菜园里的
陌生房子，

确定在躲一个男人。

听见他的脚步越来越近，慌忙中抓了一把旧锁反锁住门。

但那是一把没有钥匙的锁。

醒来接到一个欲言又止的电话。

5

天气冷得刻薄，它要腐烂的部分自然剥落。

T字路口，站着一老一少两个女的。那皱巴巴的老女人说，

四十几年前，村子里的女人都咬牙切齿

骂她一副婊子相。

少女在听，又像没在听。

马路在下午三点显得空旷，由于没有遮挡物，好像所有
的阳光都打在年少的女孩身上。

梦见被J鼓动去裸泳，穿过几个胡同。并没有河场，

只是断垣残壁。后来大家坐在残壁上等浅滩出现。水浑
浊冰凉，

各种泡沫，藻类，小蛇浮动。没劲，我先上了岸。

住在我楼上的大姐扯下她身上的大号蓝花衣衫给我穿。

对付你，我只拥有仁慈和善良是不够的，

还必须具备虚构的能力。

6

一个沿途返回的人比一个刚刚出发的人更确定。

公车上走下来一位女孩。她双手交叉护着怀里的一些书本，

盖在最外面的手里握着一只苹果。

她朝马路对面的方向走去，

一会儿就不见了踪迹。

广场上搞促销的搭了临时舞台，台上正在唱：噢，她比你先到……

她在他聊得兴致盎然时说，我要走了。

他将手中阑珊的烟头摁了又摁，对着夜色咬牙切齿地骂：

理智的动物，理智的动物。

"一个满脸正经的姑娘是会让自己的容貌打上个折扣的。"

7

她说，海久了就岸一会儿。岸久了，

就纵身一跃。

在一棵名字叫"有一天"的大树下，她故意讲一些话，

让自己显得热闹。

在回去的火车上，她像一具尸体躺在卧铺上，戴着耳机听《牡丹亭》，

车内冷气十足。

她收到他发来的简讯，说和朋友正吃饭正在提起她。

不知为什么，她心里的冰凉竟漫出来，便有了泪。
长发铺满枕头，它们。都在离开，
只有黑色耳机。
她路过自己的窄巷子。
她确定是去了的，并在那里茫然良久。

8

看见一个很瘦的东北男人大口大口吃蒜，他的肉
是不是蒜香排骨味？
和陌生的女子擦肩而过，恰巧见她媚眼
绽放，会联想她的嘴
有快乐的侧面，它一定享用过美味的唐僧吧。
看人跳广场舞好比站在一块大面积的热闹旁边。
在漆黑路上行走，突然打过来的刺眼的汽车前照灯，
总在你还没有想好要在光中显现时，
你就被迅速烧焦。
笑的样子令一个人像个球，滚几下。
我只和安全而朴素的人说话。

9

失眠就是发现自己的面积大于床。
亲爱的早上，我还是感到我有一点脏。
斑马线上有被泼掉的隔夜茶汁。
"她身上的披肩好像收起的黑色翅膀。"

你恨我是因为在你眼里我还有救。

包紧的洋葱被切开两头，淡乳色汁液从切口沁出来，

早于我的眼泪。一切发生得好像不是真的，

我还用力挤了一下。

玻璃杯自我爆破，它遇到滚烫的开水，而它没有准备好。

总之，不要在早晨去洗手间后回头倒在床上

怀疑他的陌生。

坐汽艇去湖中心。有人坐在一边抽烟，

找他讨了一支，黄鹤楼牌。

10

人群是没有伤口的。

"写作使我过上了两个人的生活。"

梦见的再也不说，自然就形成了体内的斑马纹。

和一个远方的人短信里说自己怎么就写诗了。

中间他即兴写了一首，很明显地闻见草灰味。

每次到快下雪的日子，总会想到煮雪花。比如，那时她坐在临窗位置。

他说今天的气温正好，不冷不热。她心里想，他是否太轻浮了。

选自《星星·散文诗》2016年第1期

遍地乡愁（三章）

姜　华

老　屋

乡愁有毒。游子的内伤，多为不治之症。

一条乌梢蛇突然从路旁窜出，像一条黑色的鞭子，抽打在我身上。

疯长的草，比庄稼还高。它们正在企图包围、蚕食村庄，改变家乡的地貌。稔熟又陌生的山道，如草绳，弯曲、隐身在山谷里。

当我拨开杂草，老屋更像一个挂在树上的旧鸟巢。可是鸟却早已被风刮走了。

老屋独居山洼，孤独而寂寞，一排排沿着山里的风水生长、铺开。在旧时，父辈靠水稻、玉米、高粱和猪羊，繁殖家族的血脉。后来，人们都候鸟一样都飞走了，隐身于各个城市纤陌里。再后来，父母也走了，回到了土里。大雁南飞的季节，奶奶掉了门牙，有风，在老屋的房子里自由出入。

挂着拐杖蹒跚的奶奶，像一个民间版本的神仙。院内挂在竹篱上的丝瓜、苦瓜和豆荚，同奶奶一样，寂寞地生长，再慢慢老去，最后被风收走。

往昔的繁华的老屋，如今落满尘埃。城市像一块巨大的磁场，吸走了铁屑一样的乡亲。年轻的、壮年的，男人和女人，一批又一批，候鸟一样飞远。现在就剩下老屋，同奶奶一样年迈。坐在老屋的门槛上，从春到夏，从秋到冬，奶奶，一颗老屋嘴里松动的门牙。

老屋，多像一位红颜褪尽的女子，孤身坚守在日渐萧瑟的岁月里。慢慢向人们讲述着，逝去的色彩，神态安详。

祖　坟

坟茔站在高坡上，像一盏灯，闪耀着护佑之光。

在老家乡下，干燥、通风、向阳的山坡，收尽了乡间的风水，被称为旺穴。父母住在那里，比生前住的老屋还好。蜂飞蝶舞的土地，连年风调雨顺。水稻、玉米、大豆甚至野草，一齐疯长，还有我们这些后辈儿孙，也在疯长。葬在高处的先人，从容，安详，不动声色，指点着四季，枯萎或繁荣。

返回大地的祖辈，庄稼一样，腐败后边跟着繁荣，生死与轮回。灾年的光景，或风调雨顺的季节，我们能在梦里听到，山坡上远远传来的笑声，或叹息。

沿着山势铺开的土地，孕育着无尽的想象和欲望。在秋天，怀抱子女的玉米，低头微笑的水稻，羞红了脸的高粱，和把智慧藏在土里的红薯、土豆，多像我家乡的女子，含蓄内秀，饱满又弯曲，泼辣而任性。

一年四季，儿孙们在山下责任田里播种、耕耘，或收获。先人的坟头坐在坡上，一抬头就能看到。

祖坟，一条血脉归根的路径。

烤　酒

金秋时节，满山遍野挂满了叹号。

山川成熟的气味，如孕妇饱满，热烘烘、香喷喷，被山风搬来搬去。

收罢了秋粮，农人们再把甜杆、柿子、拐枣等请回家。然后把它们铡碎、捣烂，让饱满的生活开始发酵。秋天的乡村，四处飘散的酒味，与女人的体香一样诱人。这些味道。被风赶过山梁，吹过小溪，最后让一阵雾卷进了村庄。一只芦花鸡被熏醉了，从柴草垛上滚下来，叫着疼逃走了。

有了满屯的粮食，梁上的腊肉，这些还远远不够。在北方，乡下人生活里，少不了酒点燃起来的激情。长年的劳作、病痛和寂寞，酒精才能燃烧起原始的欲望。红白喜事，迎亲嫁女，祝寿建房，乡村稍显单调的光景里，处处弥漫着酒的醇香。

烤酒的季节，秋天再一次被提纯。艰辛的日子，甚至比酒精易燃，生存或消亡，就像树上轮回的叶子，和地上的草木，自然而从容。乡下人的情感，简单、率真、实用，浓烈地像刚出锅的头曲。狂风一样，暴雨一样。

在我故乡辽阔的土地上，也辽阔着陈年老酒，一样的忧伤。

风一吹，就散了。

选自《星星·散文诗》2016年第1期

我在黑暗中继续写诗（外二章）

周庆荣

黑夜说：要宽容。

所有的灯光随后熄灭。

我的孤独需要训练，诗歌比黑暗更加孤独。

蝗虫吃光了苞谷，它们感叹土地的贫穷。黑暗没收了它们的眼睛，我不能为它们写诗。

光明里的人云亦云，我要提防把诗里的抒情用错。哪里的泥土让树木开花，夜莺就应该歌唱。宵小的人在黑暗的远方，他们滥用着光明。他们让你走近，然后无视你，世界如果不倾斜，那是因为你从来不惧怕卑鄙。

我继续写诗的时候，已经不虚荣。

当学问里没有了人的骨头，我不写谄媚；当计谋远离了人性，我不写叹息。

我写黑暗中的原谅，写早就决定好了的坚强。

倘若还要写下去，就给漫无边际的自由写下几条纪律：如果遇到黑暗，即便是天使的翅膀也要首先写下忍耐的诗行。

尊重玉米

初秋的雨水冷静了昨日的夏天，一些人的拜金主义让我想起短暂的冰。它曾经封住水的嘴，真实的声音在深处哽咽，地面上的繁华似乎诱惑我去误判。

是在这个时候，我看到玉米。

我承认让我认真对待的事物不少，当我坐在后院的石头上感谢时光的安静，我发现玉米棒上的胡须由红变紫。一袭青葱的长衫从古典的含蓄开始占领我的一亩三分地，它要代表玉米发言。

其实，我是如此尊重大地上每一个平凡的细节，玉米穗刚探出头时的腼腆，挂着夏天的风走过季节的阴晴。炎热的空中一阵阵蝉鸣比玉米更高，我真的厌恶这些复杂的喧闹，它掩盖苍白的势利，如同讲台上教授的虚伪。

我尊重一个玉米棒缘于简单的发现。所有的玉米粒整齐排列，如同纪律严明的军人，它们服从大局，压制着任意一个成员的虚荣。说起荣誉，与集体分享。这就是玉米，牙关紧咬，克服青虫的齿食，创新的丰收属于兄弟，若是遭遇黑斑病或者形势的萎缩，它有核心的棒子，责任留下，错误在我。

我对玉米的感动就这么简单。

第一定律献给阳光，第二定律给予土地。它是第三，谦恭地站在兄弟的身后，不是因为躲避人间的暗箭，而是逊让成功的辉煌。

玉米比我的兄长好。

好玉米啊，我热爱每一寸土地就像热爱整个山河。

告别山头主义

兄弟们、姐妹们，看，一个个小小的山头宛如一扇朱漆大门上的乳钉，它们把持着虚妄之门。

小山头当然是大好河山的一个小小的比例，对于上面的小草、蝼蚁、山鸟和树木，它几乎是它们一生的祖国。

小山头有泉水和活命的木耳，山大王分配各自的所需。剩下的全部归他所有，别人的俯首听命几乎成为他全部的学问，他以无视的方式拒绝蓝天和大海，广袤的原野一直是他批判的内容。

我深刻地厌恶奴性，每一个小山头仿佛童年踢开的土块，我有自己的歌谣，不会稀罕区区山头上的营养，我不会失去尊严忠诚于它，而背叛山河的辽阔。

至于朱漆大门，它只是腐朽的往事。

至于每一个乳钉，你守卫的正是我不屑的。

我相信骨头是生命的力量，与骨头同在的是意志的坚强。我早就了解一座小山头上的尊严，它怎么能够囚禁八千里的天地与日月？

兄弟们、姐妹们，你们无法想象我内心的谦虚与理智，正如你们无法想象我心灵的博大和顽强。

当我不在乎时，山头主义只是它自己的镣铐。

多年以后，山大王会孤独地死去，一堆乱石总结了他。那时，主义是一本被遗弃的破书，寒风吹响——在荒无人烟的山脚。

选自《星星·散文诗》2016年第2期

褒河古栈道被摩崖石刻锁住的灵魂（外一章）

程　川

1

凿孔架桥连阁而成的通途，将南北放在同一条战线上。

那一截留白，被硬木磐石所填充修补。

自此，八百里秦川绕过山重水复疑无路的历史，成为一张不断向外蚕食的版图。

俗语有云：水至清则无鱼。

作为浑水摸鱼的首站，逆流而上的大汉王朝，始终保持着如履薄冰的秉性。

而那架被古栈道劈开的分水岭，则在摩崖石刻的超度下，吐出淤积多年的水分，每逢飞鸟掠过，河面都会响起一圈浓密的经文。

2

一首被褒河悬空的诗，句子铺成了百里栈道。

所有的木桩都在河面朗读着历史的回音，以至于加急文书在这方狭窄冗长的国度里，瘦下了半壁江山。

或许曹操、李白、陆游来此的缘由，便是将酒种进诗歌，让褒河栈道在瓮中发酵、过滤，还原汉字的骨头。

作为涅槃飞天的证据，抱成一团的醉，最终被毛笔扶上墙。

这使我们明白，舍利，虽然来源于肉体，但有些时候，一把大火却更能够让生活原形毕露。

3

蜀汉，曾在这里改嫁。

以卵击石的典故来不及摘下王朝的面具，唯一恪守的是那么多的顽石，必定有一块引爆了褒河沉寂的春天。

这便是汉江的破绽，浪花，唯有沿旋涡次第绽放，

就像那条被铁钩衔在嘴里的鱼，鼓足腮帮，终将成为江面上另一枚，散发着恐惧与绝望的窟窿。

除此以外，投石问路的褒河栈道长势良好。

翻越典籍里的战乱，上游山高水浅，唐代的皇帝从汉朝打马入四川。

乙未年暮春，题古汉台石门十三品

1

那些从砚台里逃逸的墨迹，换一种姿势，安插在历史身旁。

摩崖，空门敞开，被汉字招安。

当更多的朝代，譬如北魏、东汉……在同一面石壁

上握手言和，往事通通长着一副汉人的模样。

时间终会剥开粗糙的岩层，露出王朝的胚胎。

而我们横亘在帷幕前，亲眼目睹着那些跪在石碑上的汉字。

就像锁住汉江的隐隐青山，高耸着孤寂的面貌，在褒城两岸迂回生长。

2

曾两次在古汉台博物馆驻足，看石刻碑文抵达灵魂的过程。

十三种疼痛方式，由汉字组成的偏旁部首慢慢向骨缝深处渗透，每一品都妄想刮骨疗伤，将我们贬回那个搁浅的时代。

石门、褒斜道、陈仓道、山河堰……

历经刀劈斧击与火烧水激，王朝的纰漏被寥寥几笔修复还原。

最终，石头的命运以勒石记功为尾声。

恰如悠悠汉水，奔赴长江，正是那蜿蜒崎岖的旅途才将她化为辽阔的海洋。

3

摩崖缄默，相反，笔墨豢养的舌头口吐莲花，将褪色的古代和盘托出。

这是王朝与民间缔结的契约，是铮铮铁骨的汉子与汉字间的一场鏖战。

当江水流上山崖，月光败走祭坛，转世投胎的乙未年，我再次写到古汉台石门十三品。

写到他们的生平往事，那些板上钉钉的结局，被绚丽的花海谱上了一层从帝王贵胄身上随手扯下的黄。

每粒汉字都在跳动，稍不留意跃进汉江，就将成为一滴衣着肉体的波涛。

选自《星星·散文诗》2016年第2期

大山微语（五章）

代红杰

山月夜——

月光拍着山的脊梁，山安静了下来。许多在白日叫个不停的昆虫业已敛声。能急能缓，能飞起又能慢下来，能够掌控自己，真令我大欢喜。而人间万事汹涌。

行　走——

喜欢行走在山中。因为我知道我的心很小：羡慕过、妒忌过、计较过、恨过、咒过。我相信在大山行走多了，就会阔开大山般的胸襟，或者混同万世不争的草木。

时　间——

秋末，那些繁茂的植物开始做减法。
它们似乎掌控了时间的去处。而我还在穿梭。

安　详——

小羊羔六个多月，面目安详；

放羊老汉六十三岁，属兔，面目安详；

我比放羊老汉年小一轮，读书写作，面目安详；

在一大片青草上。我们暂且远离朦胧的恐怖和隐约的凶兆。

宿　命——

白天的草木斑斓耀眼，让你忘记了一些什么；夜晚的山月清高孤寂，又让你回忆起一些什么。

宿命在暗，虎视眈眈。

选自《星星·散文诗》2016年第2期

耿林莽散文诗近作（三章）

耿林莽

伐木者舞姿

一千年两千年古树，枯木朽株，依然在大路边上昂然而立，不肯退出，

伐木者，安在？

银月一钩，投注下幽幽的蓝和淡淡的白，刚好为我画出了伐木者隐约的身影。

伐木者的手臂，抢起巨斧，挥动着一弯优美的弧。一袭轻纱或是一只飞鸟，飘然掠过的蝙蝠，还是游走的云呢。

这时候，风之手蜕去你碎了的衣衫，旋舞三圈。多么动人的一种旋舞！舞者之衣，悄然垂落。

银月一钩，勾勒出你肩背的赤裸，紫铜色的肌肤，亮出了一粒粒汗雨的银珠。

伐木者的手臂，抛出了一串优美的弧。一斧，一斧，节奏和力度，园与半圆，因朦胧月色的渗映，雕塑感和神话的气息同时呈现。

仿佛，砍砍伐桂的吴刚，已走出月宫，来到了人间。

绝　壁

勒马于悬崖：险！
再一步便是深渊。

岩石之上，阳光轻抹，敷一层薄薄粉黛。经不住冷风一
吹，依然是铁一般的阴暗。
鲜花是没有的，连野草也不长一根。
百孔千疮的一处处洞穴，没有虫子们出入。
绝壁。石头是不说话的，天打五雷轰，也不说。

是怕说"错"了话，被推下崖壁会粉身碎骨！

绝壁下面，沟壑纵横。
不说话的人，站在那里，战战兢兢，不寒而栗。
不说话的人，站在那里，仰视崖顶，
那里有一株古木凌空，叶子们早已落尽，光秃秃的枯枝，
困守着沉默。

绝壁，
绝壁之上，枯树无语，
绝壁之下，万籁无声。

青衫湿：听雨

一切都是轻盈的：露珠，软语，水滴。蜻蜓翅膀，折柳枝的手。

剪烛西窗，池塘水满"巴山夜雨"的雨珠，一直滴到今日，还没有滴完。

多雨的南方，荷叶杯中，还能品出

一点点古典的凉意么？

寻雨的少年，躺在那块紫色山崖的下面，闭上了眼睛。朦朦胧胧，仿佛已在雨声里行船。

雨打船篷，一滴一滴，水滴石穿。

梦醒！

奇怪的是，一角青衫袖，怎么竟真的湿了？

注："巴山夜雨涨秋池"，是唐代诗人李商隐的名诗《夜雨寄北》中的一句。

选自《星星·散文诗》2016年第3期

她　说（节选）

金铃子

2

葡萄很多，说葡萄酸的狐狸也多。现在蟑螂、壁虎、蝙蝠、跳蚤也在说葡萄酸了。说酸的是永远吃不到葡萄的一群，不说的离酸葡萄不远了。

她见过葡萄，她真喜欢葡萄。

7

奶奶什么都好。奶奶在的时候，她觉得奶奶漂亮。奶奶走了，她觉得奶奶的坟漂亮。

只有田野和河流才让她挥泪。只有奶奶才让她哀痛。而她，愿意这般的哀痛。愿意在一个深秋的黄昏，坐在坟头看落叶满天飞。

8

她从来不追星，她追的是太阳。

10

所谓理智，就是冷漠。在她看来，越理智的人越冷漠，他总能够做出让你目瞪口呆的事情。过分理智的人是可怕的，显然，她不需要这样的朋友。

13

破旧的书桌和她一起蹚过了许多冬季。可是，她还没有发明一个比爱更爱的词。灵感请假出门后，她蒙头大睡了两个月。她头一个月梦见女神，后一个月梦见女鬼。

16

她常常几小时，一动不动。她想，谁又在不幸的地方开了一扇门。又要做诗人了，多么糟。

19

他告诉她珍珠是贝壳的肿瘤的时候，恼了很久。
她实在觉得这是无法接受的事。她信珍珠是贝壳的小孩。

21

当诗歌发言时，她选择了闭嘴。

25

这一生她都在等待日出。而她总是把它和星星混为一谈。

26

她这样厌倦了，她和她歌颂的。夕阳西下，绝望，正在成为她最小的错误。她不想向任何人告别，如同屈死的人不记得太阳了。

27

她这样对记者说的：生活是一首诗，我们人人都是诗人。第二天报上这样说：金铃子也觉得诗歌的繁荣必须要有全民的参与。她笑了。

29

天地万物都造齐了。她不相信。

在众多对付世人的武器中，她唯愿选择诚实这件武器。其实，她也是不诚实的人。

31

只有土地才给人真正的宁静。她无法相信一个久居城市的诗人的审美情绪。

34

因为不想长成暮气沉沉的青年，她成了一个永远生活在童年的人。每天做着追赶金翅蝴蝶的梦。

一天毛毛送她上班，过观音桥大循环的时候，她说：那里有家面条很好吃哦。他问，好久吃的。她说，我小时候。他笑，你哄我，你小时候这里还是一片长满荒草的田野。她说，去年。其曰，你能不能说话合点逻辑。

她说，反正我不管，昨天之前都是我小时候。

36

大清早的，他和她说起梦
坐在天空思考一个问题
一生要用多少牙刷，只有牙齿知道；一块麦田要长多少麦粒，只有麦田知道
他们讨论得很认真。牙齿和麦田好像有什么逻辑关系。又好像没有，但可以肯定，它们不停在天空
她说共同点是有的：长虫

她刷牙，想起麦田
边刷边想，郊外卖风筝的草屋
她一把掐死的那只臭虫

37

她说：你不可以嘲笑一个坐在石头上听石头的人。与神灵交流在有些人看来是矫情的，事实上，的确存在。

你不与神灵交流是你的事情。

39

她用手机照下柚子的相片，她觉得女人的胸应该用柚子来形容。她告诉他。第二天他带了一个柚子给他，他说："是的……是这样的……"

40

她想告诉他，苍蝇永远是苍蝇，绝对不会因为在一朵玫瑰花上就变成蜜蜂。

45

他说：回家。娶老婆。要个穿红衣的女人，晚年时扶我到处走走。让他们冬天盯着她的玉腿吞口水。我绝口不提诗。绝口不提爱过你。

突然想起了莲藕，想起看到白白嫩嫩的莲藕时，他总是忍不住掰断它。

47

如痴如醉礼赞过的东西越来越多。一个声音在说：让这园子荒芜吧。

于是，那年冬天，她停止了繁衍和生长。

50

你们要她献上她的婴儿，给你们带来了。第一天才结的果子，第二天就送出。

51

一定还有另一条到春天的路。她破蛹而出，往后的幸福以杨柳拂面在葱绿中，踏水而歌。多少人与她寸步不离。他们等她造好这个春天——用她的风，她的月

等她堕入穷。

他们说：永别了，你这爱过我的人。

52

白天丢下我们的时候到了。用黑色来治疗黑色。身体上的黑色已经治好，心灵上的黑色愈加沉重

53

如果有人是凡夫俗子。一定有人冒充圣人。

选自《星星·散文诗》2016年第3期

伤口上的风 (节选)

黄 鹏

一

国王端坐水中，夕阳钓起诱饵。花色落尽，满眼落红簇拥着美好仙子从遥远国度归来，成为一个男人枕在胸口的歌声与象征。

断头的虫唱在土地穿行。舞台雪白，绚烂搭就的戏曲演奏着一群人内心的伤口。

孤独的人坐在天堂，乌云飘过，手术台上，头颅被切割，灵魂黯然神伤。四野之内除了空气别无他物，以自我形体为支撑的僧侣走在风中，他也将成为一缕秋风并从地平线消失不见。于霓虹灯下，指认出自己破败的家。

控制一切的是谁？一只从高空垂下的手在拎走头颅的时候，为何不把这一具具形体带走？徒留着这一群生灵围着冰冷机器绕转，无休止地扩大着腐烂和锈迹斑斑。

自由的享有者，必须承认：这属于一项不可丧失的事业。隔着微弱的灯光，远方群星璀璨，清幽的光景，留不住一群以火为生的人。

是否要等到福祉降下，裸露的部分才能披上夜幕，如婴儿一般放弃啼哭而熟睡怀中，让九泉之下的老妪也能安坐在棺材里，享受一场等待了几十年的暴雨。

三

盗取秘籍的人走在风中。城墙上的铅字伸出灰黑手掌，将他搁浅于旧日的船上。

步入一个悲哀时代，言语、思想与文字悉数溃败。

虚妄已如潮水般尽数打开。春天里谈情说爱的妇人，她不经意间提及的一个国度正承受着洪水、干旱和火灾。

作为权限，一扇铁门分开两个世界。

身着棉袄的宠物狗对着衣不蔽体的拾荒者吠出愤怒的独白。

捆缚着饥荒和冒险，他单薄身躯上的庞杂的物件，足够组建成一座废弃的宽阔庄园。

是否每一类艺术都需要为它们挖出一个体面的外籍祖先？是否需要将文字潜返至后工业或者更为荒诞的朝代？

口吐珠玑的辩手在观众中已然王者，沉默的人，只将语言在胸中深埋。

孤独与辉煌其实同等耀眼。

时光未曾停歇，它是唯一一位公正且无可挑剔的判官。

四

利剑穿肠，在伤痕累累的地方，天空独自割开血脉与扭曲的灵魂苦苦对抗。

洪南路或者古老的街口，年迈的小贩带着吆喝声消失于未眠的星辰。

而我来我去，女妓披上虚幻的物质外衣。

横跨在一空密雾的水域，年轻的欲望即将死亡。此刻，请允许我如一匹野马，含着你薄薄的唇齿悄悄地蹲守在无顶的天空下。遥遥无期地等待着血色在十二个月的门帘下发芽、开花。

子民在废弃的天堂死里逃生。在将暴动野猫连同垃圾运进山谷的时辰，灵长们无声地低下高贵头颅。想起彼此命运的悲苦，他们在岁月的河道失声痛哭。

汹涌的人潮里，我要谩骂的何止一个时代？永久沉睡于土地里的生命，他痛苦地生育又阳光一样地无偿给予。他们的幸福，如此悲哀又多么宽泛。

揭去鳞片的龙子卧风中，万物肚腹空空，吞下自己！当第一缕晚霞从大地分娩，它慢慢地辨清一些秘密并撕去乖戾，呈现出独立于世之后物种该有的绿。

大道在身体之外亮起灯芯。为一阵闪电的老去，他在河流上怀抱水草、彻夜欢庆。祝贺造物主曾赐予一代人的完美强权主义，无所顾忌。

救世主还在十字架下徘徊，满眼是黄昏的血泪与无以言说的悲哀。

他的亲人死在这里，他也会死在这里。

围炉夜话的人把尸骨陈列一端，王子坐在地球的另一面。叙述出无边的挂欠，借着唠叨的语境，他致以你亲切的问候和温暖。

混合着衰弱容颜，他将冷酷运营着的爱，在胸腔缓慢打开。

五

节日里，无数枯枝将头颅一一放下又高高举起，在十二月的大陆架，随着天空的风筝，他们冲锋、起义。

船夫的号子已经响过三遍，首领却无故垂死江边。

顺流而去吧，满江尽是老祖母和风雨潮湿的哀鸣。

你来，给我一具娇美面皮，然后不着一语，只从茫茫的江面转身。

此时的两岸布满青山，死者的白骨，生者的欲念伸出手来，垂放在青苔的甲板。

我看见无数刀子如风，刺破老教堂下丛生的帐篷。

已经是最后一天了，王位空着，乳白的花朵和老虎不敢来坐。

如果你来与水对饮，喝下明月和星星，你就是今夜的主宰。

在尘封的客栈，你可以吟管子里发酵的高粱和小麦，你可以选择走进祖先的墓穴，不焚香、不磕头、不跪拜、不想起童年的伙伴和受伤的冬天。

那就举家西迁，独自一人来到大河周围，跳最狂放的舞吧！

那就裸露沙滩，看最白的天和最黑的雪吧。或许就做只灵鼠，跃入制度者的后花园，先是摘草喂养星辰，后是摘下星辰，喂养行将远去的黎明。

或许，你该如众多的自由主义者，摇晃着大旗看粉红姑娘坐入橱窗，使出毕生光亮一遍又一遍地擦拭春天的乳房。

想着用一把烈火烧疼大地，看人群从枪口下凌乱逃生，直到街道、食物和鸟雀都归为灰烬，和高处的瀑布一样显得悲伤、洁白、无辜和透明。

八

梦等同于一只雏鹰的黑暗飞翔。

紧握后宫之谜，无数的家国与王朝自来自去，时而疾风，时而细雨。

从大地的颅骨长出细小生物，在垃圾池中栖居，这是最初的城乡分割。

昨天与今天无法愈合，每一阵声响满含惊慌，每一个眼神无比迷茫。每一个动作，都像沙场上的殊死较量。

丢盔弃甲，我们逃至此地。放下手中法器，谈起命运，我们渐次不知东西。

并无一点光亮，并无一点生机。死亡的面皮堆积如山，替代所有语言。

九月，金黄稻谷在大地泛滥。猜忌之心如远山、如丛林，成为一个女人怀乡的绝症。

再次返回，我们在村落拾起前辈们遗弃的野果。脱下面具，以一场游戏结束青春期里未完成的爱情。

未眠未醉未死之人纷纷赴宴，村寨灯火通明。似一场被艰难维系的永生，我寻、我觅，与我同姓的养花人如今了无踪影，满耳只剩花叶的凋零之音。

选自《星星·散文诗》2016年第3期

小念头（二章）

王 妃

当忧伤与忧伤相遇

猝不及防地，在路的拐弯处，我和你的忧伤迎面相撞。

你我呆立而对。

我掉进你眼神中那口忧伤的深塘里。我的思想在挣扎上浮，我的忧伤在下坠、沉没。

当一种忧伤与另一种忧伤相遇，谁被谁理解？谁被谁同情？

你身材矮小，皮毛纯白干净，你应是谁家吃喝不愁的宠儿。那么，你的忧伤从何而来？你望向我的样子是那么绝望、无助，孤独的影子被阳光拉得很长很长。你横着身子，扭着头瞥向我，你是不是正徘徊在人生的路口，等我给你明示下一个行走的方向？

我还无法判断你的性别、年龄。

我不知道，在与我相遇之前，你是否和我一样拥有这些：亲情、友情、爱情，事业、家庭、子女……我不知道，你现在是不是和我一样的疲累，只想找个安静的角落，让自己从忧伤里脱壳而出，还原那个本真的自己……

当我的忧伤与你的忧伤相遇，尘世依然如故，而我不再感到孤独。

记忆的碎片

梦的入口是幻想，充满神秘和未知，梦的出口是逃离，带着伤痕和记忆。从一个梦境走进另一个梦境，从幻想走进幻想，再带着伤痛逃离。

把一个梦境放逐到另一个梦境，把记忆的文件绞成碎片，再重组成新的记忆。

美好的记忆像摇篮，疲惫时愿把自己变成婴儿，总想躺在里面摇曳沉醉。痛苦的记忆像毒品，上瘾时愿化成一滩水溶在其中，相互毒害哪怕涕泪交横。

所有的记忆像一棵棵树，组成人生的丛林，它们都张开着眼睛，望着我走出去又走回来，叶子是它们的睫毛，合着我的脚步张开又垂下，垂下又张开。

雨落后的泥地，有记忆的芳香，浅表是笑和繁华铺天盖地的绿，埋在地底的，却是泪和寂寞交媾凝结的黑。绿，是记忆的光华，在阳光下光鲜媚人；黑，是记忆的伤疤，在月夜里撕裂战栗。绿，终归要萎缩成黑，黑再滋生新的绿，周而复始的日子构成了人生。

我把笑留下，把欢乐留下，把一切的美好留下，留在你的眼里，留在你的梦里，留在你的文字里，独独不要留在你的记忆里，我不喜欢在那里挤占，那样我会痛，亦会让你痛。

选自《星星·散文诗》2016年第3期

听 菊

阿　垅

我要把人世间最遥远的距离，老死之时回首一生，对生命短暂光阴易逝的那声叹息——拉近。

拉到咫尺的窗前。阴雨漆黑的夜，给秋天的原野加深了一层忧郁和苍凉。在灯下，让你听听一次美丽的相遇，在刚刚过去的昨天，山崖上、大路口、篱笆边的野菊花开了，像扯下头巾的村姑，灿烂的笑容里藏有多少黄金啊，那也是一片淳朴的伤和高贵的疼。

已不是悠然自得的陶兄手中的那朵，不是夜里咯血的林妹子问情的那朵。零时会将昨天和今天相隔在对望的两岸，大雁南飞在最后点亮临霜的风景，怀抱爱恋在枝头直到老去，不改容颜。

——哦，那是你风干的吻唇，在茶杯袅袅升起的水雾间翻身，蜷缩的花瓣又轻轻的舒展绽放，缠绕成一道没有来由的惆怅，缠绕成一种痴恋大地的情节。淡淡清香依然浇灌着人世间那些苦涩的日子。

秋风中惊鸿一瞥，生命中最美的相遇，也是我见到的最美丽的一个秋天。

选自《星星·散文诗》2016年第3期

短　语（组章）

杨　通

走在大路上

让生命飞过家园的上空，带着灵魂的铜哨。

当你累了，随便在哪一片云头或风上憩息，瞭望母亲的布裙和父亲的头帕；聆听低吹的牧笛和轻灼的柴焰，就会感到：

今生今世，哪怕你飞得再远，都会像那缕炊烟，根，深深地扎在一粒麦子的内心。

生　命

一片叶子，在秋风中落下。

从叶子的背面，我看见阳光生生不息的翅膀。

写　作

背负春天的祈祷，静卧坚冰。在最寒冷的日子里，拥护一朵梅，秉执一种精神。

在寻求旷世美好的途中，我一边流真诚的泪，一边放炽热的光。

一边，用温暖的汉字堆砌我孤独的坟茔。

热　爱

月亮，纯净的光芒，在我们的胸膛里行走。

我看见一群蓝鸟飞过山岗，那是季节疾走的身子，在大野中，为我们扦插的婀娜多姿的花朵。

今夜，我热爱所有经过我身边的行动和言辞。

怀　想

月光的脚步，浅浅地蹚过春泥，像一位吟诗的少年，把玫瑰和诗意，植入深梦。这一束小小的亮光，穿透心的暗室。

我看见一个人的身影，如蜂似蝶，慢慢褪色。

今夜的月光，是一种彻骨的低语，被我越抚越香。

选自《星星·散文诗》2016年第5期

夏记忆：是悲是喜

马端刚

1

夜的深处，是山川和风雨，等待着重新翻阅，攥着一朵绚烂的花，离散的魂魄回到纸上的故乡，小心地敲打一块块黑色的墙，露出了内心的石头，高楼远眺，那个闪电的身影，召唤来千军万马的雨，将它们反复地打捞，一个个流浪的词语粉墨登场。

在夜里，在凝望的时候，它们纷纷落下一片潜伏的记忆，是父母，是兄妹，是村庄的炊烟。开端，结局，琴声拉长了思念的经纬，锄头与镰刀的坐标里，追悼那些结痂的伤痛，此刻，你是否看见，未邮寄信里渐白的头发。

泪水的光芒，温暖了饱满的土地，幻想起落一张浮动的脸慢慢老去，水面上，安静地退隐，虔诚地耕耘，将种子植入，又一次长久的祈望在深不可测的等待中。咀嚼每一朵云，每一场雨从春到冬，都会有一团沉默的火陪伴着夜。

天籁，柔软的花落入夜，浮在身体的河上，一些盛放，一些枯萎，每一次相逢，热烈沉默。微微颤抖的镜子，见证着生长死亡的紧紧拥抱，这时的春色烂漫，这时的水流湍急，点燃的少年飞翔一盏星光，照亮夜与昼之间的鸿沟，插上祭奠的柳条……

2

　　一朵花再次在指尖凋落，谷雨已过，快到夏。不愿意死去的春，留下一道疤痕，桃花，黄土隔空相望，青烟隐约，无法挽留的记忆已经作古，身体的欲望被流水击打，潮湿的一页纸归于泥土，和秘密一起播种，成为树枝下暗长的墓碑。

　　温暖的墨色覆盖了群山和浅草，从夜晚到夜晚，窗前，远处的巍峨，近处的寂寞，迟到的雨蜗居在干燥的诗里，那些呼喊消退，风弥漫，潜伏在字句的马，黑与白的犹疑中，丢失了春，落花就要被风吹光，将尚未说出的爱洗劫一空。

　　钢筋水泥包裹着风蚀残烛的夜，手执着火焰奔跑，婀娜的身影，从脚边的青草中生长。绵绵不绝的雨，被泪水打湿的记忆，一个个深浅不一的梦想，早已在上苍的吟诵里，漫过昏暗的光，沉寂，轮回，新与旧的皮囊锈迹斑斑，好在天无绝人之路。

　　一年又一年的夕阳，一次次降临，消失扑向黑夜的风，在鸟群引领的土壤落地生根，历经千山万水的传说，融化了铁石心肠的时间，透过陈旧而温暖的呼吸，不能自拔地捞起无言的月，你波澜起伏，倒光了杯盏里所有的悲伤……

3

　　花谢了，叶就绿了，一切正在发生。四月残忍，刚开放的忧郁，在一间屋子它们坐着，它们安静，掌心的雨水。也许是种子，也许是白云，躲在角落里，忏悔路上的风还未到，暗处的记忆在持久地找寻。

这时你们潜入梦中，微微低垂的头，越来越悲伤，没有诅咒，一个一个来，一个一个走，不动声色。时间，从怒放到枯萎，杯盏中摇晃的风景，井水不犯河水。有时直视，有时躲藏，我们相互妥协，脸上都是微笑。其实知道，都在守护，都要经过花开花落，相互都能看见。

被黑夜删除的思念，灯火下刷新面目全非的记忆，用时间的水擦拭越来越厚的忧伤，茁壮地生长每一滴水，滴落在渐白的两鬓间，梦的道场，一个人颂祷的时间里，吞下了夜，吐出了昼，坚守的寺庙，一次次坍塌，一次次重筑。

天气一热，身体中搁置已久的石头长出青苔，等待风吹干潮湿的灵魂，脱下隐秘的外衣，胸腔的雷声，喉咙的闪电，将蓄满的雨水留给勃发的春，指尖的沙尘疯狂地勾勒，告别春的夜宴，山清水秀跳跃在草叶上的露珠，阳光下，一双透明的眼。

琴声如流水，慢慢踩碎一颗失眠的心，深夜犬吠由远及近，轻缓的步调，慢慢逝去，诞生，死亡，摇摆不定的句子，深情地呼喊一个个青涩的文字。那一刻，投向黑暗的石子，悲凉的回声，微小的涟漪，让一个人耐心等待着一生才能收获的果实……

4

多年后，又一个夜晚，黑色溢满了玻璃。风吹来，梦在柳絮上飞来飞去，落英缤纷破碎凌乱的梦呓，是比天空更远的祈祷。穿过眼泪，或是阴霾，或是晴朗，聚散别离不远处，嘶哑的嗓子歌唱，玻璃碎了一地。

夜有雨，在窗口弹琴，深处朦胧的灯火它们约定，将新鲜的风送给一个忧郁的诗人。那些往事没有了影子，杯中的酒晃了又晃。在多雨的钢铁大街，听或不听，总有旋律响起，天上，人间，花开，花落，雨越下越大。

一滴水的忧伤，扰乱了钟表的嘀答，穷困潦倒的春光，迅速老去。从东到西掏空了一个人的江湖，完整折磨着残缺的四月，睫毛上的一粒露珠，慢慢将想念一点点凝结，雾霾侵吞了刚燃起的火焰，春天的呼吸苍茫。

顺水而上，在河流的肋骨上弹拨，兴奋沉默扭动的火光逼近，再一次与无数个火光重叠夜晚，旧貌换新颜，轰鸣的汽笛，热情地呼喊在高楼广厦间，不得不承认，我是棵将老的树，沉默不语，雨水淋湿了双眼，看不出是悲是喜⋯⋯

选自《星星·散文诗》2016年第5期

灯火阑珊夜长安（三章）

三色堇

晚秋，静默如谜

如果说这满地的金黄就是天堂，那么人间的喜乐定是这诗性，唯美，带着凡·高某种隐喻色彩的感知与渴望。

这株千年银杏一直被佛光轻轻抚慰，它的佛心清澈，它的华年深邃，躯干纯净了人间的落尘，枝叶绚烂了所有的风景。功名与荣华都是过眼云烟，我知道，它千年的修炼正用裂帛之心坐看凡尘。

深秋了，这大地的金殿，成堆的金黄闪耀着贵族的光泽，沧桑之后的热烈。它璀璨的霸气，辉光充盈的心满意足。一群举着相机的人，正用灵魂朝拜着一种自远古而来的风韵。携一枚扇形叶片，低眸的伤感正从素笺上透迤而来。

生命只是一场幻象，它的灵魂却惊艳得有些华丽，它植物的素心奔涌出人类的善意与博爱，我惊异于它节制的抒情和低调的奢华，千年里蓬勃的朝气，感谢这别情满襟，静默如谜的金黄。

灵魂埋在一场大雪之中

这是一场心照不宣的相遇，渭河之水涨了再涨，当河水彻夜失眠，发出慈悲之光，当红尘的利剑早已顿挫，当夕阳落下，暮色溅起，当狭隘与宽容不再相互为敌，当细碎的星光不失信仰，当盈目的风景喷张着我的血脉，我不得不说，此生即使有再多的电闪与雷鸣皆无法让我绝望与颓废，祈福的人还在路上。

你看，晨光正在摇摇欲滴，它正穿过黑暗，穿过教堂的塔尖，落向万物。那些光芒无可置疑，它将落在我们的灵魂与双手之上，这是白昼最初的洗礼。

我曾一度忽略了它的恩典，在沉默恍惚的镜中，在明亮与喧嚣的途中，在一只鸟的眼里……

我很清楚，如果没有了晨光，我们的生命有何意义，我们的灵魂也将埋在一场大雪之中。

秋风万里

我没有一斗才高，但我有秋风万里。即使如此，我始终没有看到灵魂涌溢的人那苍茫的目光。秋风慢下来，我们不必急着赶去远方。当我看到那些急切的风，呼啸的风，沙粒的风，悬挂在高原屋顶的风，它们微茫而浩大地催赶着人类的足迹，蓦然心惊。眼看着箫声流淌，红尘漫卷，你挥手，你远眺，不觉已是目尽孤鸿。

站在城墙上，我扶额仰望的是久作长安旅，我与秋风对饮的是存在之谜。用它温柔的唇与念头来抚慰双手，来验证良心，迎接就要到来的那点初冬的萧寒。

很多时候，不是我在表达，背影无法紧握昨天，宿命一任长风浩荡，我们皆不能活到地老，也不可能等到天荒，我们持有的只是秋风与大雪彼此交换的体温。

选自《星星·散文诗》2016年第6期

因为风

梦桐疏影

1

风从缙云山来。风从嘉陵江来。

带着山的色彩，水的声响，翻过丘陵，越过原野。所过之处，稼穑遍野，四季长出波动的音乐。

风在起伏的大地上蜿蜒，岁月便染上坎坷沧桑的心声。

在故园寂静的田野，满目葱翠，梦中的渴盼一点点苏醒。

阳光、惠风、禾苗，浅唱盈盈。乡间小路上，白色、粉色、蓝色的花朵静静盛开。小孩、老人，朴素地镶在夕阳下。三月的流水，渐渐生动，它给流浪者幸福的抚摸。

时光与春风相恋，这块熟悉的土地上，荡漾着透明的诗意。

树叶小儿女般咯咯的笑语，河水老人般潺潺的呢喃，让人心生喜悦，也心生疼痛。

风，如果太浅太薄，无法抵达青苗的渴望；如果太深太厚，会卷走轻薄的期冀。

从此，浪子找到丢失的灵魂，从异乡回到故土。

从此，农夫扛上沉甸甸的梦想，从家中走向田野。

从此，窗棂影动，母亲看到山茶花澎湃成一片嫣红的花海。

一切都在死亡。一切都在诞生。在黄昏淡黄色的天幕下，风摇动着夜空中的星星。所有闪烁不定的梦，都会回到温暖的梦中。所有不该走失的灵魂都会重回爱里。

风带着我们，撒下幸福的种子，从我们的心灵世界，落地生根……

2

千年万年过去了。山城这块古老的土地，依旧苍茫起伏，空气清冽。山水磨砺着粗犷，承载着厚重，坚韧着质朴，柔情着相思。

风来，揭开青山绿水的帘子；风来，绽放花朵青春的脸庞；风来，清洗流浪者疲倦的创伤；风来，演绎最动情的浪漫。

有时，我不敢在黄葛树下等待，我怕风喊醒所有鸟鸣，让我沉醉不知归路。有时，我不敢在桂花林里怀想，我怕风带回太多古老的香歌，鼓荡我的灵魂飞离红尘。

而事实上，我早已迷醉。在风中，在峥嵘的岁月，我学会了爱，学会了享受，学会了静观，学会了展望……

3

临江河边的芦苇，一夜之间白了头。风的手掌有些粗糙，它摩挲着软软的白发。带着秋天的心跳，带着蝶翅的震颤，带着白鹤的清唳。

这里，我该停下来。停下来，像一束月光，摆脱阴影，挂在岸边的树枝上。

风是停不下来的。就像我们的脚步停不下来，命运停不下来。

子夜，我在冰冷的水中，触摸到母亲临盆的疼痛，聆听到孩子在河水中奔腾的欢笑，感受到中年暴雨的咆哮，细验到老人最后的孤独。我听见生命浩荡，追逐真美，追逐良善。

浩瀚时空里，只有风，一路相随。

清晨，第一缕阳光倾泻而来。我弹奏着生命的多声部，感受着无限辽远的风景。

4

一条宽阔的大道上，我逆风飞翔。将大地的旨意，全部引进生命。

给风，一千次赞美，一万次拜谢。

其实，不如，停止下来，站在智灯寺坡顶来一次温柔的聆听。

从大坡上迸发出来的，是草木一般的生命的强烈爆发，是悬崖边傲然挺立的枯松的力量。

风，来得更猛烈了，从脐带那边奔来的我，站在高岭之上，奔向无垠的未来。

山水因为交融，风，便有了回肠荡气的爱。

山水因为相依，风，便有了光明宽广的宁静。

波澜壮阔不是江水。高耸巍峨不是高山。

风，支撑着天地。为人世抹上美好的色彩。你看，屋前，一弯稻田，用金黄为我打开了快乐之门；屋后，一地翠绿，驱逐了寒冷的忧伤。

风的内心，如此辽阔。它熔炼了黑暗，让我们的眼睛有了光芒。它消散了腐臭，为我们带来了又一个春天。

此刻，我和风，狂饮。此刻，我献出我虔诚的爱意，为生灵祈祷和祝福。

我相信了，风，包裹的万物之美。我相信了，人世崇高的信仰。我相信了，它的音律无处不在。为我们谱写这一曲曲色彩之歌。永不停息。

这世间，最庞大的东西，给了我们最细微的满足。最无形的东西，给了我们最完美的想象。

因为风。

选自《星星·散文诗》2016年第6期

对寂寞的修饰

青蓝格格

一

我看到一只寂寞的蝎子。它婴儿般的笑靥与它的毒性形成了强烈的对比。

是的，我看到蝎子在笑呢。它的笑容穿越了我，在阳光的身体上留下亮晶晶的翅膀。

而我的翅膀在雾霭之中，仿佛一座孤坟。

我只有一只翅膀，还是隐形的。

我眼睛里只有一片落叶，落在白色的颅骨之上。

颅骨很冷漠。

它与其他的骨头不一样。它可能有思想。它可能很寂寞。

它的寂寞一定超过蝎子对寂寞的渴望。

它没有毒，它只是一段漂流的岁月形成的一道黑色的伤口。

类似寂寞。

二

时间过去很久了，思维的大河却不知为什么变得浑浊。

一个人在浑水中摸鱼。但不是我。

呵，场面真宏大。

可以肯定，他并没有摸到鱼。你看，他已经走向深深的沼泽。

他的眼睛会因此而失明吗？

他是否能够永远地成为沼泽的融合物而与寂寞混为一谈？

以上这些都构不成疑问。其实他早已经摸到鱼了。

他摸到了。他摸到了缓慢与平坦，他摸到了强大与热烈。

他，摸到了我。

他摸到了我的心，雪花一般飘落……

嗨，天空那么寂寞！

三

是什么在万物之上，将我们淹没？

又是什么在万物之下，教导我们成功或失败？

这一上一下啊，这一下一上，在恍恍惚惚间又被谁的寂寞一劈两半？

置身黑暗的人是寂寞的。得到怜悯的人是寂寞的。

入乡随俗的人是寂寞的。

许下诺言的人是寂寞的。枯坐的人是寂寞的，装模作样的人是寂寞的。

我是什么人呢?
我在你的肉欲里充满欲望。我在你的强大下充满强大。
我让你弯曲,我让你感到惊奇。

我是你小行星系里的母亲,你必须用你的赤诚召唤我回来。
然后,再与我共同守住这杀人不见血的寂寞。

唯有寂寞,既在万物之上,又在万物之下。

四

如果我闭上眼睛,我就不会再睁开。
我要在将我的大好年华全部扔掉后,做一场心灵的皈依。

我要称一下朴素的重量,然后为它重新命名。
我要找到那些无耻的温柔,与它们成为弟兄。
我要在一个狭窄的摇篮里,揉碎狰狞的欲念。
我要在反反复复的思考与疏离中为生死都穿上红装。

哦,快送我一只镀金的船吧!
如果我闭上眼睛,我就真的不会再睁开了。

我需要永恒的寂寞将我焚烧。

五

我需要。我需要一次跌倒，我就真的跌倒了。

我需要一枚梧桐叶作为记忆的主题，我就真的得到了。

多么圆满啊！

忽略草叶上的寒露与我的饥饿，我成为被尘埃遮蔽的那部分。

你们谁也看不到我，你们谁也得不到我。包括寂寞。

纵使你们看到或得到，你们也摸不到我的身体，因为我在别的世界。

六

呵，寂寞。你快点吃一些安眠药吧！

你最好睡去，不再醒来。你最好钻进我柔软的胸脯，做我心灵的花瓣。

呵，寂寞。你最好结果，成为我私生的女儿。

呵，寂寞。你最好仿造一朵玫瑰吞噬一朵百合……

呵，寂寞。你看，我把你修饰得多美呀……

七

可是，你为什么还要让我哭泣呢？难道你真的是蝎子的心肠吗?

我对你进行过研究,甚至写过祈祷文。

在我年轻的时候,我曾经在你身子上颤抖。如今老了,又演变为疯狂。

我受尽了你的奴役。你将我与善恶完全分离。

现在,很多事情都成为我的预期之物了。

我能分辨出,虚假的表扬和真情的批评。

我能在远和近的那些非我莫属的盛宴上进行狂吃和海喝。

然后,我能成为另一个人,但并不因为你的不存在而感到缺憾。

在我内心里,你若能成为流动的胭脂那是最好的了。

呵,寂寞啊,你就任我红下去吧……

喏,红色的房子旁边有红色的坟墓,红色的坟墓里面有我红色的躯体。

寂寞啊寂寞……我多么像你的象形文字。

八

其实,你也像我。我们可以互相转换。

只是,你躺着,我坐着、站着、跪着、奔跑着……

在这个过程中,我已经很少皱眉了。

甚至,我已经不皱眉了。

你放心吧，我不会枉活一生的。在你的训练之下，我也成为蝎子了。

我的颅骨也变得很冷漠。

如若不信，你就过来摸一摸——

选自《星星·散文诗》2016年第7期

陈劲松散文诗（组章）

陈劲松

我听到冰裂开的声音

梦，不是沉沉夜色的那道裂缝。

闪电也不是。

（它是一枚银质的拉链头）

黑丝绸上的拉链被猛地拉开，旋即又被拉上。

雷声隐隐，在未眠人耳中蔽成一阕金属的乐曲。

有风自冰封的河面上吹来。

冰凌之齿锐利，如啄食黑夜的鸳群，它们背负的冷的光已被风一点点取走。

有冰裂开的声音传来。

沉沉夜色里布满春之细碎的足音。

倾听一滴雨

四野沉寂。

最小的鼓槌，一滴雨，还没有擂响天空和大地。

天空空空，是充满渴意的杯子，风啜饮过，沙尘暴啜饮过……

雨仍未来，五月空空。

雷声隐隐，起自一颗石头的内心。

一滴雨，就是一座囚笼，里面禁闭着天空、乌云，禁闭着闪电的鞭影、饥饿的狮群吐出的吼声，豹子体内奔突的雷霆……

雨仍未来。

高原上一个孤独的男人，是一滴最初的也是最后的、孤儿般的雨水……

坐在十字街心的人

方向即牢笼？

十字街心，风吹向四方。

人影憧憧，孤独的人从皮影戏中逃出。

往哪里去呢？

街头屏幕上，幻象炫目。

剧集虚构，处处都是贩卖的人。

衔枚疾走的蚁群，背负着叵测的坏天气。

雨，将来未来。

垂钓者沉入潮湿的暮色里。

沉睡的人被雷声扶出噩梦的深渊……

十字街心，喧嚣的黑色浪花渐渐退去，那个垂着头久久独坐的人，是一座小小的孤岛。

选自《星星·散文诗》2016年第8期

风与风的争吵（三章）

林柏松

风知道它即将死于黄昏，可黄昏
却永远也不知道这是第几次濒临死亡。

——题记

词与利刃

我把自己抵押给一个词，或抵押给一把利刃。惨白之脸，门一样关闭。

词在嘴上横行，利刃在脸上横行。试图赎回曾经挥霍掉的笑声。暮色闯入朗读之口，求助于最后一击。

往事静静地啃噬着肉体，即便是在黄昏里，这张脸依旧在衰老。假话淹没众生像病毒之火，黑暗之石正在狂欢。我的沉默，被谁供奉？

欲望里有许多丢失的面孔，我孤单地簇拥着一场大病和梦的独白，以记忆为菌种，在苍老的脸上繁殖遗忘。

我听见有什么在说话，并听到血液喝干肉体的声音。日渐密集的洞穴很难发现，无数蛀虫却久居在此，它们在夜色来临时共进晚餐。

目空一切的词看着大声说话的词，立刻哑口无言。利刃对着它曾经横行过的脸，孤零零地逃离了脸，留下的是走投无路的回声。

雕　饰

我把自己抵押给一个词，或抵押给一把雕刀。层层叠叠，或梦或病，以记忆为菌种，如嫩嫩的蘑菇簇拥着伤口，在我的脸上繁殖更多的遗忘。

词继续在我的嘴上横行，并炫耀这张独一无二的脸和挥霍救赎不回的笑声。雕刀比寂静还要哑默，在脸上创造十分密集的洞穴，让一只只蛀虫安家。

遗忘里有许多丢失的面孔，就像昨天那张笑脸，今天早已逃之夭夭。在大海里寻觅一滴水，就像在无数面具下寻觅一个人。漆黑的柏油路沿着自己的思路沉思一座房子，被丢失的鸟头烂出了骷髅。

我听得见他在说话，也听得到血液在吮吸肉体的声音。我大声地向墙呼喊，墙对着我的脸哑口无言。我的脸被挂到墙上，往事拥挤着啃着这张脸，发出走投无路的回声。天已近黄昏，冰冷里一片波光粼粼，我的这张脸依旧衰老。

变　形

我从众人的一瞥中，目睹到自己脸的变形。镜子背后没有世界，我站在镜子背后，以空白触摸黑暗。

我曾经躲在一张沉默的脸后面说谎，许多真实的历史，被埋在一堆书里失传。这是一个什么世道，在时间里没有安宁，每一张嘴巴也没有安宁。他们的牙齿目空一切，经常远离脸，远离说出口的声音。

一枚哮喘的古币在坟墓里，也睁着眼睛说话，一张脸和一张嘴巴在死亡堆里竟然没有停顿的地方。语言被无言丢开，石头咧开一道裂缝似的嘴唇。

　　毒菌公然把空气涨得要爆炸，它与我相视而笑。死亡用潮湿的手给我洗脸，许多脸在素不相识中，遥远地冲撞。

　　衰老的泥泞，让死者看见，大理石比脸更快腐烂。而每个行刑日，刀斧都吻过我的头和脸。经过一次血淋淋的词，冷凝的疼如双行诗，被大出血的新月一页页冲洗，我更加挥霍无穷的不死。

　　姓氏的遗传，靠近日夜照射相依而行的鬼魅。我猝然坐起，被太阳的光芒紧紧攫住。

选自《星星·散文诗》2016年第8期

舌头呓语 (二章)

任怀强

时　间

时间其实是数字的累加，你仔细去想身边的钟表记录的时刻，都是数字组成的。而我处的十五个夜晚自然也成为时间数字的俘虏，至于寂寞只是自己的感觉，时间是冷血动物，漂移后也没有一点感觉，至于相伴却是实实在在的夜晚，实实在在的时间过客。

一个对待夜晚的人，只是去想这个宽泛的时间里，我做了些什么。光阴没有浪费的，只是你有没有去利用；时间是有刻度的，只是你有没有耐心和心率合拍。夜晚对于我的馈赠，犹如上天赐予的我的身体和精神。夜的安宁更多劫去了我的鲁莽，而幸福仅仅就是过客的瞬间。

寂寞，是自己一个人在热闹中的冷静，在冷静中的热闹。孤独，但并不孤单；仅此随着空余下的雨水打着水花，四散而去。时间在那里，不远不近，我一直握着所在的时间，我在，才能做些什么。

舌　头

忽然想到的不是万千浮云，也不是忙碌人生，是记忆，是存在，是若有若无。我这个时候，想到的是受伤，是内心无比的空旷和荒凉。挪威有些什么，或者没有什么。或者消失了什么，我都在想象一种适合存在的状态。然而现在就想我自己一个人的空旷与暗伤。我不知道舌头，对于说话起到了多少作用？但至少现在来说，舌头改变我们的生活是多么的巨大。它支撑着我们空洞的嘴巴，让食物顺利地进入食道，让我们感受到了除此以外，另外的感觉和亲密接触。舌头几乎没有过多的时间，来看一看阳光，以及被阳光关照的温暖。也许潮湿和柔软就是他的命运，而存在就是唯一为之奋斗的开始。

那我所说的这些又是什么呢？空洞与幽深，都深埋在我的记忆里。

选自《星星·散文诗》2016年第8期

这间房子

—— 献给我的女儿伊晨

蒋雪峰

一

这间房子与我隔着一张身体的纸。纯净的桑葚的雪，悬挂在屋檐，从这里望出去，道路像一列货车那样缓慢地驶过，搭乘其上的群众，被尘埃无声无息地穿透，纸牌和空酒瓶散乱地堆积在膝下，上面有指纹和狂欢的唇印，他们所追逐的梦此时正擦肩而过。

这间房子是一个诗歌的蛹壳。庸常的事物，陈旧的家具、遭遇，大量地涌入，慢慢沉积下来。那些书籍，智慧的结晶，全都被制作成砖头的形状，文字停止了蠕动，光芒被封面挡住，而新鲜、活跃的昨日却重现在屋顶，目中无人的对白云发出咕咕的叫声。

有时候，我被一只鸟带出这间房子，能走多远算多远，甚至趁天黑摸过了河，看见许多样式奇特的建筑，它们都散出同一种气味，同我离弃的那间房子没有不同。我走进去，鸟歇在肩上，我们都需要休息。

二

那些被月光带来的人，整夜都在舞蹈。

白色的纱巾裹着藏红花和青枝，脚踝上悬挂着露珠，羽衣飘飘，举手投足长满灵魂的独语和苔藓，她们忽隐忽现并揭掉我全身的瓦片，把我的梦境暴露在光天化日之下。

　　我这酣睡的奴隶，整夜被照耀着、看护着，这精灵之舞唤醒我臂弯里的百鸟，冰雪消融，草木沿着我荒凉的前额发芽。当我睁开眼睛，在沧桑里直起身子，这来自天外的舞蹈者啊，早已在月亮里消失了踪迹。

　　我醒来，窗外的道路和马，清晰，充满着寂静。

三

　　这间房子坐落在我心上，轻盈空灵，如此时覆盖它的白雪。门和窗户被钟声漂走，家犬落荒而逃，线装书和青花瓷瓶原封不动的保留着我的皱纹和抚摸它们时的心情。马帮在月下搬运着盐巴、布匹和必需的农具，同时也带来另一些喧闹。

　　这间房子装着我下半生的寂静与安详。一些人来了，一些人离去，一个女人把刀藏在泪水里，它们都带走了膝下的阴影，留下的炊烟绕梁三日，不肯散去。在众多的结论中，我相信房间的基本寂静和用具是童年用牛驮来的。那些来不及从流水里打捞出来的细节，也会被雏鸟带走，融进湿漉漉的红日。

　　五百年过去了，这间房子的断壁颓垣上长出一些青草和野花，它们都是我遗留在人世间的一些梦呓。

选自《星星·散文诗》2016年第8期

木匠书·推把

唐 力

一

推把在我的心灵中是神圣的，它长方形的躯体，在中央的两侧有两个把手（我更愿意把它看成翅膀）。因而，推把就像一架飞机，忽然飞临我们的生活，它来得神秘，我想它会在某个时候，忽然飞去，在我们的生活中消逝。

我愿意把它看成飞翔的动物。比如在蓝天上的鹰。在阳光中的蜻蜓。

是的，鹰在天空飞翔，我仰望着。它就是一把推把，一层层推削乌云，直至露出闪电，直至露出神的光亮。是的，蜻蜓在阳光中飞翔，我们目视着。它也是一把推把，一层层推削阳光，我们看见刨花闪着金子的光，直抵幸福的深处。

而推把呢，它也在起飞，它的跑道就是一根木头，它在起飞，但仿佛一直都在起飞。在跑道上一遍一遍奔驰，却从来没有飞起过。

它的奔驰就是它的飞翔。

它推削掉木头的表皮，接着是木质层，接着是木的筋络，核心……

它一层层地推掉事物的表皮，直至露出事物的本质。

二

推把面对的是世界。

不平的世界。粗糙的世界。推把一律把它们变得平滑，光整，把世界变成完美的世界。对于这个意义上说，推把是解放者。

不平则鸣。推把作用在于，它把语言变成了行动。对于面前的木头。面前的世界，推把有着足够的信心。

它在不经意之间。完成了对世界的改造。

三

推把把牙齿藏在了腹部。

因此，我们说，推把是阴险的，我们对它应有足够的警惕。

就像乌云中藏着闪电，就像木炭中藏着火，就像一个人，笑里藏刀。

当它从我们的身体上滑过，它的背部已经，吐出了一卷又一卷薄薄的疼痛，那异常美丽的疼痛。

四

当我利用推把，一遍遍在树木上推削：树皮、树身、树肉、树心——我把树木的身体，变成了一卷又一卷薄薄的刨花。

直接将它们肉体的沉重，变成一堆刨花的轻松。

然而，我并不轻松，也未感到摧毁的快意。因为我知道，此时在我的身体上，也有一个推把：时间。时间在我的身体上往复，一遍一遍，也把我的纯真、青春、理想、热血、梦幻……也都变成了一堆轻松的刨花。

它在我的身体中，我拿不掉它。

更严重的是，我不知道是谁在操纵它。它把我的不可承受之重，逐渐变成了不可承受之轻。

相对时间，我和木头，都是失败者。

五

有一天，一个木匠路过一座医院，他发现它就是一座巨大的刨花。

它有许多的房间。急诊科、外科、内科、妇产科、五官科、皮肤科、肠胃科……他发现，当他进入一个医院，他的身体被分解，进入各个科室。这些科室就像一间间抽屉，它们将他的身体存放……

比如他的哭泣在妇产科里，他的疼痛在急诊科里，他的咳嗽在内科里，他胸部的阴影在放射科里，他的视力在五官科里，他的饥饿在肠胃科……

医院浓缩了他的一生，婴孩、童年、青年、壮年、暮年、死亡……他稍不注意，就碰见过去的自己。

他发现，医院是轻的。白是轻的，黑是轻的，红是轻的。生是轻的，痛是轻的，死是轻的。

他仿佛走进了一堆巨大的刨花。

也许当他走出医院，他呼喊一声，皮肤、五官、肠胃……就分别从各个房间走出来，再合成一个整体。

选自《星星·散文诗》2016年第9期

祭 祀

仲 彦

从开始到最后!

祭神的仪式,透过万物狂欢的时刻,张开巨大的想象,光的沉沦,烈焰的盛开,就那么不朽!

锈蚀的荒野,越过破碎的时间,鞭打黑暗之中旋转抽搐的裂痕。

目光疯张,头颅高悬,沉痛的心跳,撑开幽暗的骸骨,投入神秘的涟漪。听不见碎片的挣扎,看不透眼神的墓碑。

留下魂魄。留下锈蚀的来生。或者走回现实;或者找到那颗占卜的头颅,在破碎的骨头上写上心碎的卦辞;或者踏入符咒的洪流,在祭坛的回音壁上,刻满天空飘荡的骨殖和死亡者枯黄的姓名。

这一刻,浩渺无际的黑暗,敲打着疼痛难忍的日暮,敲打着大地的血液和产床,在湘西神秘的土地上,一尾尾摊放经脉流动的翅膀。

摇曳的风向,高高牵引着黑暗神秘的空间,向想象的尽头急速前进。

沉浮的时光,借助痛苦地摇摆,突破混沌迷蒙的深邃,再次打开土家族祖宗创世的神话,和遥远一起,一步步走进撕裂灵魂和肉体的烈火中心。

探秘事物的方式,散开本身的一团概念,民族形成之初,神，只是一场陨落的仪式，萦绕着庞大的想象，在面前的余晖中缓缓前行。

时序狂欢，万物肃立。高速旋转的脉络，挟带着碎片和头颅，挟带着浩瀚的心灵，沿着时间、空间的脉动，一路向上。

更为宽阔的内心，撕裂思维的极限。血肉崩裂，骨殖散开，喷发生命原初的轨迹。荒凉裂开人类的天际线之前，冰冷的孤独如同面前流淌的霞光在狂乱的时序中缓缓前行。

梦呓的旅途，潜入一动不动的暗流，进入时序的爆炸，神秘事物的内部，打开方向的源头，历史的碎片，从此坠入阴寂的虚空。

经幡肃立，纸钱纷飞，风向高高悬挂，神歌雕刻的密码，起伏颤抖在永恒尽头，那些黑暗之中的锋芒，举起烈焰和光剑，驳出民族最初的信息，在时序动荡之中缓缓吐出语言的莲花。

通过符语的卜辞来表达更为强烈更为深邃的力量，就这样盛开，就这样痛苦和沉沦，在每个微粒的表面，张开了生命原初的呼吸。

心灵的绽放，雕刻情感的体内，黑暗的引领，涌出民族的图腾。

铺展泅渡的彼岸，在更高更远的不朽中绽放每个瞬间的灿烂。

从此开始积聚。从此开始打开生命的天窗。蒙昧和遥远，刻画着虚空。

奇迹出现。最初的呼吸，鞭打日暮的四肢。泪水汹涌。暗暗积聚的生态，搅动摊开的山体，深深陷入疼痛。透过梯玛晃动的八幅罗裙，无边无岸的沉沦，吞吐着空旷遥远的远古。

现在，透过面孔和手掌，进入黑暗幽冥的时间，生命最初的形态，扎进时光的隧道，潜入风雨的暗夜，解开迷团的双手，慢慢深入远古人类生活的实质，铺满沉寂无边的天空。

站立，或者坐下。用遥远打量遥远，用思想的光芒驱动神歌和梯玛的内核，想象的天空，一粒粒崩裂滴血的心脏和风干的血肉。

逃离黑暗，束缚和深渊，走动着地平线的面孔。

身体的骨架，绽裂奥秘的嘴唇，面前的梯玛我想请你说出祖先无边的秘密，说出远古人类的痛苦和挣扎，说出历史的希望和绝望，说出我的祖先在民族成型之前，是否真的一层层揭开了心灵的疼痛和梦想的伤疤。

耗费的生命，在历史的静默中，通过梯玛的传唱，横贯宇宙。

四肢和身体一起飞翔——空想的物质点燃成长的梦想！

死亡，激活新生。幻变张开遥远。生命，打扫祭坛和城堡。心灵的飞翔，瞬间养育了撼天动地的假想——想象散开之前，历史的真身和神迹，已经用冰冻的身体穿越了亿万年的往事。

方形祭台，供奉巨大的沉默。神灵的方位，面朝四周缓缓转动——每当黑暗，荡开无边的空寂，沉默就揭开了鸿蒙大幕。

时光尽头，站满发声的欲望。无垠的舞台，长出的语言世界，晃动着土家族创世的神话。

没有开始，没有结束。梯玛抽搐地裂变，开谢着死亡的白骨和新生的信息——这些不停聚集的人头，在想象的区域，更为遥远更为极限。

无从知晓的存在，刻着漂移的伤口，无法听到历史碰撞的回声，无法体察事实存在的无数的生命和系统。

前行的轨迹，融进残缺的永恒。历史的尘埃，穿过时光的大门，展开空想的飞翔——

就那么无边无际的黑暗，在深邃幽曲的体内，冲撞幽闭的束缚——或者努力无为地抗争，或者巨大地静默，或者生生不息地激荡。

历史的世界，开始和结束，在思考之中没有边缘。亿万年，其实只是一瞬，就在眼泪滴落的那一刹那，就像我散落的情绪，被梯玛看我的一粒目光，推倒了晕眩的骨架。

在时空的思维可以想象的极限中存在。现在，梯玛的世界，正在深深切入旅途的均衡。现在，在梯玛从无边符语的天空醒来之前，神秘怀想的祭台，还没结束四处的漂移，人类，这些有家可归的流浪者，回到心脏，回到内核，那是生命开启的地方。

葬下神圣的祭奠，葬下无边的神秘和强大的隐喻。挣扎，陨落，骨头和血肉，围绕着梯玛巫师的仪式，死亡的图腾，一步步陷进荒芜的骨殖。

无名无姓的供奉，葬入祖先的河流。

泪水搅起疼痛，洗涤波光的舞蹈，梯玛的晃动，最后一次，撕扯姓名的涟漪，殷红的血浆和汗渍，滴落成坚硬的起点，比死亡更重，比极限更为遥远，比无限更为宽阔，比我牢固的泪水，更加坚硬。

终于，眼前的梯玛，作为虚幻的实质，走进了想象的极限——历史的死亡，为民族的诞生，提供了巨大的想象。梯玛的起舞，诞生在埋葬骨肉的时刻。

每张面孔，缓缓移动生冷的魂魄，生存，或是死亡，或是围绕每一个祭祀，或是打开卦辞的骨头，占卜我梦想的幽冥和黑暗的呼吸。

在静默的祭坛上跳动仅凭感知的巫术，迷狂的仪式，辨认着梯玛的舞步。宗教和历史的烟云，扭动的空洞的魔幻，笼罩着神圣的祭奠——迷幻的舞步，诞生正在进行的足迹。光阴绞杀，现场砍斫枝繁叶茂的骨殖。

人类的尸体，残缺的骨头，流淌的血水，把地平线举向高高的天空。

时空战栗，符语纷乱，席卷空荡的经典。含混不清的神谕，来自一场更大更广地拯救。

梯玛神歌中土家族祖宗说，"祖宗传下的话哩，记也记不清了，讲也讲不全了"。

光芒的声音，掠过风雨的翅膀，精神疯张，我活在大地的思考，与神秘事物的本身，连着疼痛高傲的灵魂。"那么风，那么阳光，那么多惨烈的崩裂在历史的台阶上不停滚动，我说祖先啊，你在祭台上创造的宗庙和社稷给我思考的灵魂带来了一个什么样困苦的思索？"

终于，梯玛，站在至高无上的符语中打开了清醒的目光，突破思考的极限，回到万物狂欢的时刻，回到高高悬挂的辽阔之中，祭祀的狂暴放射着思考的光芒，无穷的气场轰轰隆隆飞离了想象的空间和精神的边缘。

民族的祭台上，诞生，和死亡，骨血相连。

翻滚的神迹，铺满了一望无际的想象，掠过旷世的飞翔，在浩渺无垠的黑暗中抵达一片苍茫——思想比天空更为广大，情感末梢无穷遥远而又无比深邃，思维深处留下的密码和钥匙，就这样随着梯玛的舞动在湘西的天空生生不息。

选自《星星·散文诗》2016年第9期

雪域高原放牧文字及其他（三章）

荆卓然

读书的牧羊女

红绿蓝黑相间的服饰，粉红色的围巾……一瞬间就俘虏了我的眼睛。

羊儿在一块碧绿的毯子上，寻找着草的青春。散步的云朵，隐隐约约，发出了咩咩的叫声。

我看见一位牧羊的少女，正在草地上读书。她那专注的神色，与吉祥的阳光交相辉映，让惰于读书的我，脸上有了"高原红"的赝品。

这是一幅来自宾馆墙壁上的油画，远景里，那位似有似无的男孩，肯定是我。

荒原上的藏羚羊

颅骨上的兵器，和血脉贯通，四只蹄子，若舞者的鼓槌，不断踏响荒原的巨鼓。

这群红褐色的精灵，在我的心灵的荒原上，若隐若现。

没有到达西藏之前，我一直幻想，自己能够遇到这一条幸福的河流，这一道率性的闪电，这一群自由的灵魂。

这里远离人类的绳索，这里远离人类的皮鞭。

一群藏羚羊，在我的想象里奔跑，在世界《濒危野生动植物种国际贸易公约》里奔跑。面对那些血腥的、偷偷摸摸的枪口，每一匹藏羚羊，皆昂扬着王者的尊严。

月亮在水中风情万种

月亮是天上的水井，水井是地面的月亮。

故乡的大黄狗对着水井汪汪一叫，天上的嫦娥，会不会花容失色，泪水如瀑？

人的眼睛也是月亮，笑容可掬时是弦月，怒发冲冠时是圆月。

我多次把眼睛，从水井里捞出来，晾晒在伊人的梦乡。

洗脸的时候，我喜欢把盆子放在月亮下。看着月亮在水中风情万种，我的心中就充满了柔和与明亮。

许多时候，水盆里的月亮会变成伊人的笑脸，诱惑我俯下身子，向一个王朝缴械投降。

选自《星星·散文诗》2016年第9期

安魂曲

卜寸丹

那饮水的人走了
那赐福于我的人，永归夜色
谁盗取了她的马匹？谁又搬走了她身体里的河流与汹涌？
秋天的白露。打湿了饥渴之唇
我一声声地唤你，唤你。娘。娘
我一遍遍地抚摸你的脸。亲吻你。娘。娘
那瞬间闭合的生。那重新构造的封闭的空间已将我隔绝
呵，这自诞生日起裹挟的光荣与宿命
以孝之名

时间，切断了源头
那饮水的人走了。只留下苍凉如水
娘，让我点亮小小的水莲灯给你照路吧。娘，让我用沾满露水的花朵布满你安睡的灵堂。娘，让我将桃枝握在你的手心，尽管你早就拥有驱邪的器物。娘，让我再给你捎上平日里你合体合意的衣裳。娘，此去经年，我将安睡哪里？只能在星光里，静待你回家，顺水路，唤我。唤我。娘呵，尘世多么浩大芜杂，唯你能予我以应答，唯你能唤回我受惊、迷途的魂魄，唯你能安顿苍茫城市楼群中的家。
娘呵，你熟谙世事，唯你通晓一条河流的经脉与走向
秋天的风吹着我的哀伤

长歌当哭呵。娘

长歌当哭。

长明灯。身着宽大黑袍的道士。超度的道场。我谨行一切禁忌

人子呵，请以一场体面的葬礼，来成全孝顺之名吧。尽管那并非我的本意

那饮水的人走了

冥钱飘飞。哀音切切

沿着河渠，我送你回你的出生地。我一程程送你呵，娘。我是多么害怕，送着送着，你就不见了，你就被秋水带走了

你是有福的人。你的墓地就在老家的菜园。流水逶迤，大野广阔，风水祥瑞

毗邻的墓园长眠的是你的父兄，你的娘与叔伯。终日围绕身旁的，都永是你至亲至爱的人

睡吧，娘。如果你已不想说话。此刻，你神色安详，与梦境相融

灵柩已从高举的头顶放下

呵，娘，这如水涌来的内心的哀戚呵！在一层一层堆涌，而成风暴之象

只一瞬，我们便阴阳相隔。雪落门楣，苍山无言，辞藻之殿猝然坍塌。我四顾而凄怆

这安魂之地！

这安魂之地呵！

那饮水的人走了呵！一条河流死在她体内

她带走了泱泱大水所有的倒影

我顿成无源之人

我从哪里来？又去往哪里？

她将过去连根拔起。她轻轻舍弃了那映现她的一切。白昼。黑夜。爱

我将寂静的祭词、高过心灵的五谷归于她的血脉，归于暮秋永逝之夜

落日下，我或可重新命名一切

我听见娘在说，永逝即是永生

流淌吧，孩子。你是一滴水，你，不可复制

选自《星星·散文诗》2016年第10期

蚕 食 (外一章)

王德宝

世界成了一面簸箕。我躺在里面，听自己被蚕食的声音，沙沙沙的，像那些消瘦的云不甘的哭泣。

生命的脉络凸现在一些忙碌的嘴巴之侧，白生生的，有如一根根难以下咽的骨刺。

位置被固定。明明知道这就是自己的人生残局，我也无法起身收拾。

有时候也在想，

如果我躲过了那双采摘的手，我的生机就还能在田间地头的某棵树上演绎下去。

就还会有阳光照耀我，有花儿仰慕我，有蚕儿在远方想念我，呼唤我。

我的岁月就还会被希望镀亮。在一棵高高的树上，我还可以任意诠释有声有色的含义。

来来往往的风里，我也不会理睬谁的吼叫和驳斥。

现在，我却连翻身的机会都没有了。躺在一面簸箕里，我等待着来自各个方向的嘴。

我的生命在各种张开的嘴巴里一点一点地枯萎，一点一点地被吞食。

有一只手在翻动。我知道，这只手翻动我，也不是为了让我能够躺得更舒适，而是为了方便那些洞开的嘴。

被手掌控，我的天地只剩下簸箕的一隅。

在一面簸箕里，我静静地倾听，自己消失的声音……

垃圾桶

谁把我摆在那么多目光的中央？很多人走近我，只是为了将他哽在喉咙的不快吐出来，只是为了给他身体里的垃圾找一个搁置的地方。

作为垃圾桶，命运安排给我的就是默默接纳。拒绝是我不可能采取的态度。

也有一些善良的风从远方赶过来，换着角度为我吹去眼角的灰尘和泪水，吹去那些和我纠缠不休的异味。

这个时候，我也能够闻到不远处的那些花香，看到那些花朵面无表情地打量我，我就揣摩她们会不会把关注的目光投射到我的身上。

我是垃圾桶，两只大大的嘴巴注定了我有很好的胃口和肚量。

一些花枝招展的姑娘走过来。她们掩着口鼻从我面前走过去，淡淡的香味飘过来，常常激起我无尽的想象和忧伤。

我是一只孤独的垃圾桶。我的身体装满了别人的垃圾，自己的心事却找不到一个存放的地方。

岁月枯黄。年年的雨雪风霜年年袭击我。没有人为我提供继续支撑下去的力量。

在某一个街口，我倒下了，像一个风烛残年的老人。

一辆垃圾车开过来。我被一些捂口掩鼻的环卫工人甩到了车上。

终于有机会挪动一下位置了，可惜我去的地方却是垃圾处理场……

岁月让我变得一无是处。我也成了一堆垃圾。

惊惶回望，在我离开的地方，一只崭新的垃圾桶，已经上岗。他那精神抖擞的样子，跟我初到那里的时候，一模一样……

选自《星星·散文诗》2016年第10期

光阴记（二章）

温　青

光阴之密

所有的光阴都无法梳理清楚，与它相关的一切，蕴藏了太多的人生秘密；

潜意识里，光阴为每个人坦露的几乎和隐藏的一样多。

即使一些平白的文字和语言，也包含着层层叠叠的光阴密码：

有蚂蚁搬家的路径、有水稻生长的叶脉、有麻雀脱落的翎羽……

每一束光都是生命浓缩的一个瞬间。

它像收割庄稼一样收集了每个人的童年、少年以及青春岁月里无数庞大或细小的悲欢。

对于每一个时光之子来说，也只有无所不能的光阴才可以呈现出一部分；

而另外的一部分，将永远无法言说。

面对紧致的光阴，你要渐渐放松下来。

此时，在清空的脑海里，那些沉积了许久的时光碎片终于轻灵了起来：

它们迸发而出，开始奔跑着、跳跃着、飞舞着……

而如水的光阴也逐渐涌现、飘逸、升腾，汇聚成为光阴之诗，它容纳了血与火镂刻的所有灵魂秘记。

我们在曾经的光阴里都做过什么？

曾经的光阴又都给过我们什么？

在这充满艰险与无奈的人生路途，个人的力量如此薄弱，必须放弃的实在是太多太多，无数的梦想大多数终将四处散落、覆水难收。

让我们保留那些失败的秘密吧，也算是向光阴致歉的一个方式。

回忆之伤

陷入回忆的圈子，是一些来自童年、故乡和跋涉路途的零碎事物，它们的种种影子的不断撞击，让一个人的思维常常于短时间里，穿越在不同的时空。

那些生于匆匆那年，或明亮或独特，却只在你无暇顾及之时一闪而逝的细节，仿佛重新复活，于已经发痒的伤疤处，一顶而出……

于是，这些原本已经诞生了多年的哀怨，终于长成，只是每一棵都那么细小，都憋着一口气——

它们聚在一处，要替你徐徐吐出从童年开始不断生吞却一直没有能够好好消化的光阴。

这些青草一样的光阴，有着难以压抑的生命力，那口气憋得时间越久，它的爆发力就会越大。

这些小而繁多的力量，慢慢地汇聚，像针尖、也像麦芒，在你不经意的某个时段，突然就满天繁星一般亮了起来。

也许，是你的心田中真的没有空隙容它们生长，一旦空出位置，它们就争先恐后，一刹那便覆盖了你。

在这个时段，你摇晃得厉害，许许多多的草丛生而来，你却不愿意再躺在大地上——

时而云端、时而山崖、时而水滨、时而隧道……

忽明忽暗、忽高忽低之中，不断回想丢失在光阴深处的，那些短暂的惊艳——

无论是你迎面撞上的欢欣和悲伤，还是费尽心机躲避的苦难与厄运，它们都化为了诗句，化为了光阴里一个个深浅不一的足迹。

此时，时光不断逆流回溯——

因为是回放，所以它可以不温不火、不急不躁：

仿佛时光凝聚成一颗琥珀，你就是封印在中间的那只奔波的甲虫、那颗缺损的松果，甚至于那股疲惫的山风、那枚折落的蝶翅……

选自《星星·散文诗》2016年第10期

乌鸦打扫完天空这座庭院

鲁　橹

　　当灰尘和雾霾挤进天空这座庭院，当楼顶和电视塔瓜分黎明，当钢筋的吊车伸出欲望的手，光线在排挤的缝隙里扭曲，乌鸦来了。

　　它身着黑色的斗篷，眼神锐利，声音粗哑而威严，打扫着天空这座庭院。它所过之处，光开始扩展，从楼群的后面，从大路的拐角，从一小片树林的尖梢。

　　阴影是一块最脏的广告牌，生锈的铁，被挖了一个窟窿，像一只失明的眼睛，浑浊而恐怖，

　　电线杆上有长串的电话号码，有祖传的药方，有孤单的人在寻找更孤单的人，

　　有哭泣的小孩，有鳏寡的心；

　　下水道的井盖上，夫人们的狗狗正在小便，一只苍蝇的背脊黑得发亮，

　　白色的塑料袋飞舞起来，那是怎样的一场阴谋，策划的大手划过后，流星雨的颜色开始变淡，

　　乌云遮蔽了天空，风中游走的戾气，有一小股正集结；

　　而远方在酝酿一条河流的打捞，洪水在号召一场战斗，

　　而广场中央，明亮的笑脸在传递消息，花朵蜂拥在光明

中，碧绿的青草抬起繁茂的夏天，

　　而英雄准备了马匹，马鞍上那股强劲的力量化作彩虹；

　　这一切哦，这一切，是乌鸦在打扫天空这座庭院，它像个信息的使者，坚硬的喙清理着污浊，一路咆哮，

　　就真的洁净了，真的辽阔了。光撒播开来，已能照见所有，

　　庭院里欢喜的事物舒展着，听得见来来往往的心灵和花开的声音……

选自《星星·散文诗》2016年第10期

阿坝，阿坝（三章）

郭　毅

蓬勃理所当然

六月，比天空还蓝的花，注定有春天打着呼哨，赶出一头头牛羊。

花在哪里，光就在哪里，牛羊就在哪里。

我们像发芽的新客，盛装在青草的路上，散发出牦牛的奶香。

这个春天，新娘姗姗来迟，并不理会帐篷的黑白，她烹熟的一头头羔羊，无限弯曲在火上，照亮她腕上打制精巧的玛瑙手镯。

我们且行且走，像开满的花，或逗留，或大笑，或男欢女爱，或抽刀宰羊……

像远道而来的蜜蜂，吮吸着一朵朵妖冶的格桑花。

天空吃掉青草

秋天，并非是收获的预告，阿坝草原横竖是风，未来得及清点，呈现起伏的荡漾。

他又一次穿上金黄的绒衣，贮备起爱的热量，向高山与大地供奉牛羊。

她再一次收紧丰满的腰，用硝制的牛皮，捆紧膨胀的欲望。

一层层摇铃的草原，叮叮当当，像爱和被爱，和着琴弦，渐渐有了雪意。

我说：天空吃掉青草，收尽大地的蓝，将人世的云垛满迷人的光线。

她在帐篷口举手加额，将他闪来的那束火苗，消融成瞳孔里雨后的虹。

她说：他赶着牛羊，迁徙在回来的路上。

我说：牛犊和羊子，从宁静的河岸到辽阔的草场，正风雨兼程，在茫茫的晴朗下。

而生来的爱与恨、痛与苦、欢与乐，平静如这光辉的土地，压满一生的赌注，就要进入冬天，

就要在星星点点的雪花中，用人骨兽骨吹开天空的蓝。

狼图腾

时序在草原上打一个弯，狼就在夜空闪闪烁烁，比旷野的酥油灯，还要飘浮、刺眼。

此刻，雪花探向的一隅，是天神与地神专供的舞台。它们在嘶吼中匍匐、觅食，奔跑、争夺，满身伤痕，又满嘴血腥地舔着舌头。

但，即使躺倒，也是一幅铮铮铁骨，也是诗人将醒未醒的韵律，也是画家捕捉的柔软与力道，在几笔侧峰下的坝子上，肆意地与灯与雪与尖利的牙齿对垒。

一层层时序的花，比它们眉骨上的勋章和竖起的耳朵敏感得多。它们领受到的图腾，比任何时空深刻得多。

这与它们的眼，汇聚而起的火，更令人心惊肉跳。

这与它们敏捷的身躯和急促的蹄声，溅起的光辉，更响鼓，更催发。

它们乐于在黑暗里迅速燃烧，乐于狰狞示人，乐于血腥地还原善的本真，让人类恐惧地又强迫地把它们逼远。

其实远远不够，它们一再忍让的迁徙，已经成为恶物世界里一个提醒的符号，但错不在它们，而在一寸寸溃败的草场，一尺尺流失的水土。

此刻，它们在舞台上，以其绝对的勇敢和气魄绝美于任意照来的光，不是标榜自己，而是警示尘世，万物相生相克，自有存在的理由。

我看见，它们律动的身躯和炫目皓齿，不用神的提示，已生成另外的光，提升了寂寥的心情，将恶者弱者打翻在地。

选自《星星·散文诗》2016年第11期

对诗歌的断章取义

绿袖子

1

一些诗歌中的气息，看似断了却又不知不觉的接上
被诗人世俗化后又突然高抬贵手
那些词语仿佛在春雨中平添了一些臆想
回音，断魂，偶尔被捣碎，被掺和在人来人往中，时而
仓促离去，时而和雨季，风声互补，舔舐留下些新的杂物和
念想——

比如，我断章取义，我等不到远方航线落地，我依然在
其中荡漾
喝着咖啡——看着朴素季节
和它秘密联系——
从那时开始
我就喜欢了诗歌的陌生化和深层次的表达，更喜欢诗歌
里面的场景怦然心跳
甚至泪流满面。在这些感受之前，我常常手脚是无处安
放，也常常拒绝说说笑笑

更多时候让它在空白脑海里荡来荡去——等到天黑了，

天凉了，叶黄了，风起了——

我还在想，有没有下一场，有没有一个安心的古镇，和安心的小场地。把它放得平平整整的，再也不感觉孤孤单单的一个人——

2

我喜欢用文字和画面感应着世间过往的尘土，光，时间——事物

以及它们的每个陌生原点的意义，从而寻找自己何去何来的理由。我希望我存在过，爱过，在前世，或者以后，将仍然存在……我喜欢从文字的手指尖出发

经过金字塔上所有目光，偏偏，我只看到枯井深处火苗

也许我在忧思贴上碰出了钟声。那些字里行间沁入石棺上所有的旧意识

旧月光……

我会在我唯一伤心处，听见呼啦啦前世和你无法到来的灵异感，一滴眼泪，换取三生三世，或者一支曼陀罗的音律

听那些弦子，那些低回声，紧扣回环不断的低气息，时不时有笛音绕过你的气场，弄得人心又凄楚伤神，却又好美好美……

配合自然属性的物象，从室外移居我枕边，雨开始哗啦

啦下

原本属于五彩缤纷的梦，就开始风花雪月，就开始灵魂飘飞。偶尔在电话另一端

落叶统统赶去遥远的神塔之外，且自由燃烧，且自由成笔下悲观和寂静的香火

就如同一个人呀，一辈子，一直在等夕阳下的那个人。等着，等着，上辈子散了；等着，等着就到了这辈子……再等，就只剩下下辈子了。

3

从中古时代荷尔蒙弥漫的狩猎乡宴到维多利亚时期美丽温情的花园派对

野餐始终以上流社会的休闲风格出现。我实在是不忍心看到这样的美食野餐仅仅就只属于上流社会，而不属于大众的调味品

如果拿诗歌和它比较，也有些分寸可以比较的，单单从诗意来讲，都是从小众发起，然后慢慢延伸到大众的……

嗯，而当今，只要有足够的耐心和爱，雪奔一场随时都方便，不管你身在哪里，只需轻轻地点击一下浪漫的手指，就如同来一两句诗，也是家常便饭的

此时此刻，我想起庞德的诗句："我厌倦了有美丽外表的萎靡消沉

厌倦了智慧和凡事俗务，我厌倦了你的微笑和笑声，太阳与风再次，获得他们的战利品和我的心。"

而在另外的地方我又记起我曾经要想说的一句话："任何事物都是有生命的，包括看似静止的东西，而我更喜欢想起我那云端上休眠的鱼……"

所有鱼的关键语被我下载多少次，把它锁定起来，再装进一个小小口袋

或者小小的鱼池。如今，风，树叶和文字排列

加一些问号，感叹号。你和诗歌就自然把两头连接了起来

遇见了，彼此怦然心动起来，或牵起往事或封锁我们生命，和未来情绪，突然就跑动，又突然就在排列中失去了你……

嗯，这样的时光，有点爱情诗的味，

也藏尽了人之常情的诗意。人啊，就需要回到更原始的地方去。我昨天用我的桃花旧作配了"烟花三月"的乐曲，一开始我没有打算想到是纳兰容若吹奏的，也不要想到"我是人间惆怅客"这样的诗句……

选自《星星·散文诗》2016年第11期

时光交错的影像（二章）

鲜　圣

府南河：流淌的幸福

缓缓流淌。穿城而过。

一条河流前进的方向，是我追寻和守望的方向。

在成都广袤的平原上，一条河流的心跳，就是一座城市生命的呼吸。

府南河，我站在她身旁，内心变得格外清澈、明净。

波光闪烁远古的爱情。驻守锦江之岸，从此不再游走他乡。

一路呢喃，一路前行。

我看到一条河流的细腻与生动。

我把自己想象成一叶小舟，每一天都在她的波光中行走。

一轮波纹，把今生，融化在她的前世里。

安顺廊桥：锦江的琴弦

风在这里行走。

风从远方来，在廊桥上遥望的女子，依然是一道彩虹。

相约在这里的人，一杯清茶、一盏美酒把心底的秘密祖露。

千年的一座桥，成为锦江的琴弦。

轻轻拨动，就有一串动人的音符。

桥下温柔的河水，带走了星光和月色。

带不走这里的思恋和牵挂。

在廊桥上遥望的女子，依然是一道彩虹。

锦江伸出的这只手臂

把起伏的浪涛、过往的云烟、沉浮的历史、闲散的光阴、惬意的生活一起托举起来。

没有遗梦，但有往事。

马可·波罗的行囊里，装载着岁月的沉浮与变迁。

选自《星星·散文诗》2016年第11期

边走边唱（组章）

张敏华

终　于

镜前，贴近镜面，我终于看到自己日渐衰老的模样：黑眼圈，白发，鱼尾纹，老人斑。曾经眉清目秀的容颜，无迹可寻。

拧开水龙头，装满一杯水，用力泼向镜子，我终于把镜子"打碎"，把自己淹没。

端　午

一条大江的孤独，屈原知道；一方水土的忧郁，伍子胥知道。人生不过百年，但他俩已活了千年。

两只粽子，放在两只瓷碗里，碗与碗之间的距离，就是伍子胥到屈原的距离。

昨夜两次醒来：一次惊梦，为伍子胥；一次惊魂，为屈原。

无　常

晨钟唤醒草木，蟋蟀替代耳鸣，风和叶谈论离别与生死，鸟换取无常的天空。餐风饮露，一个倥偬的身影。

回首，山峦浮脉——牛羊放归南山。

寥廓夜空，一场雨夹雪融化生与死的界限。

村　庄

在钱氏船坞，百年的光阴顺水而下——一年一年的欸乃，唤醒了多少人的前生后世。

河水把一寸寸的时光，镀成一块块翡翠。生命自然而然地有了水一样的个性：柔中有硬，硬中有柔，在任何一滴水里，柔就是良善，硬就是骨气。

回忆的天空，是村庄的黄昏，月光蓝印水乡的衣袂；而那条映衬月光的河流，再一次流淌两岸的丰稔，恍若梦里，恍若酒酣。

夜　晚

夜晚会给她带来什么？如果泪水足够用来稀释。落寞中，她的肉身突然被窗外的一道月光镀上一层白银，她的背影，像一张拓片。

夜晚会给她带来什么？比一张纸还薄的睡眠，容纳她贫血的呼吸。当她爱，爱已没有记忆，她白银的手，一只伸向远方，另一只，在身边受伤。

夜晚会给她带来什么？是离散，是月光泛白的床单。一颗脆弱的心，无法挡住下沉的日子。但她还在做梦，在梦里，她才会有放大快乐的心情。

金毛狗

它死了，世间的冷暖，竟然如此短暂。死因，是一个秘密，凌晨的雨为它送行。

近乎一种对生的背叛，却无法猜度。它取走了我对这个世界的悲悯，比一丛狗尾巴草，更卑微。

"它是替我患癌症的父亲死的"。

选自《北海日报》2016年10月6日

辩　解（节选）

转　角

是蜗牛在树叶薄片上留下的字？
它不是我的。不要接受。

——普拉斯《信使》

停　滞

上山时，我四脚着雪，踩实东北野山林里冰封的榛子至树下，脚下之物一应俱毁。

这难道是白雪犯了思乡的病？难道是旁逸斜出的事物在死亡边缘做最后的垂死挣扎？不对，是我的视野不合时宜地与冬天雷同，北方的冬天是需要有效预设的。

因为看起来像一场官司，我单调而节制。自忖徇私的体制自会来讯问，并至我于荒谬的某处，而另一个我肯定是不肯屈服的，结果不言而喻。

这难道不是北方的错？北方像冬天一样生下了一个错误的我？……

孤独的地窖子在东股流林场的高山上最终还是站成了人的样子。

啊，十个像我一样的人飘来荡去的，而只有其中之一按部就班，如同往日一次次把自己塞进松针里再腾挪出身子，眺望远方。

然而，那又是谁的远方？

无　言

坐在树下等死。

微垂的风也充耳不闻，远处的光有了强烈的求死意志。双膝交叠后进入一种冥思状态，我看到三维立体世界呈缓慢旋转的锥的形状，百年老树用虬枝透穿了大气层。

这一刻毋庸置疑，在灿烂的星河新生事物往往此起彼伏。

虬枝在新的感觉里充满希望。他同我一样切近一切有光斑的暗处，他同我一样以一种巨大的意志力挺直了腰身，他终于站在了王的位置上——

缓慢切换，轮廓越来越与众不同。

大地不再五颜六色，只遗留青灰引领惊诧与沮丧。大地叠覆落日，远天以取之不尽的醉意招揽天下豪客纵驰在空旷渺远的地平线上，万物随风倒伏。熔金的远方残阳嗜血，人影物影不停涣散，涣散……

一切都还是沉沦的样子！

极致是短暂的。四顾之后，我对自己依然茫然无知；对远处的树，空气，流动的星云，灰垢的清晨与黄昏依然茫然无知。我就这样默对自己的影子，由远及近——

欲尝死亡。

阴影的眷顾

昏睡在台阶上了。

爬山之后，林间寂静的树叶没有别的事情可做，开始谈论天气。

甲：我要苗条，我要让风随我动。

乙：风随你动？你差强人意的枝干无法支撑风的摇摆，你随意丢弃的健硕怎可与完美的落叶相提并论？

丙：啊，你们都在执念上固执己见，仿佛是一些要被风处决的疯子，人的形体可以逃脱恶的表述，却无法在自己上升的过程见证风的真身。

风，只是路过了你们！

树叶从阴影里探出头来，等着太阳与影子重新对话。

选自《诗潮》2016年第8期

别让惊喜吓着自己

张庆岭

喜欢慢

把心收一收。

把肺叶敛一敛。

重新回到——深呼吸。

喜欢慢。慢慢地吃，慢慢地喝，以步行的速度告别饥饿。慢慢地说，慢慢地做，慢慢地靠近真理，慢慢地抵达平静，再也不让惊喜吓着自己。

喜欢慢。就让畅想与欲望一刀两断，就让刚刚射出去的子弹退回到弹夹，就让已经爆炸的原子核，竦然变成美丽的烟花——就像把一场涂炭生灵的战争，幡然改编成一次丰富多彩的游戏。

喜欢慢。努力让纷争慢成友好，天涯继续天涯。

灾难成为梦境；

永别变得遥远。

一朵花儿决定不再开放

也许是因为，她想起了前世。

被紧紧咬住的芬芳，将全身膨胀得十分圆满，看来，她已下定决心不再开放。

她的样子，不像是傲然，而像是忏悔，更像是对这个世界的敬畏。

春天走后，夏天又来了……

一朵花儿，让自己想了很多很多，唯独没有想起自己的美丽。

傍晚，傍晚

时间追赶着时间，光追赶着光。

一开始，是小路、小树，接下来，是大树、高山，然后，是西方藏起东方……一个个在消失。最后，露出星星——这天上的灯盏，还有灯盏之下，那位读书的少年。

少年终于看见了一颗太阳，正在冉冉升起，于是
连书都激动得忘记把自己
合上。

那些水

那些水，来自黄河，而黄河来自天上，那些水出身高贵。

那些水，在一条河里流淌，夏天高涨，冬天冰冻，正好

等于一个人的心情。

那些水，身边布满大小不一五彩缤纷的卵石，两岸长着花树，以及大片大片的人工草，那些水，有着美好的命运。

那些水，多么平静，仿佛在等待着
一场暴雨的来临。

我在一天天变小

逆反心理学，告诉我：每活一年，我都要年轻一岁。

我在一天天变小。

比如，我开始变得任性，好像又回到了少年，为了一句说错的话，在给自己较劲儿。

比如，我常常与妻子怄气，就像十三岁那年，因为跟弟弟争一块糖，而挨母亲训斥，一气之下，离家出走，沦为玩野，做足自由。

真的，我在一天天变小，梦中都在幻想变成一个婴儿，再回到——母亲的怀抱，本初的怀抱，爱的怀抱……

成为呵护。

喊　山

当阳光之帚
打扫完——大地上的乌云，十三亿人九百六十万平方公里的心情，便又一次，被
清新了一遍。

水，是腹中的长江胸中的黄河；

山，是心中的喜马拉雅，长城，五岳。

浩然高昂，用一声一声的方言喊，用千山百川的波涛喊，

不期望喊醒东霸西霸，只想

喊醒天下正义。

钓鱼岛，黄岩岛……如鲠在喉，数百年不畅的呼吸，

全都把它——喊出来

中华！中华！中华！

我要喊美我的国家。

选自《大沽河》2016年第3期

草芥风骨（二章）

李智红

古　梅

洁白的雪花，犹如一片又一片天使的羽毛，伴随坚硬的晚风，翩翩莅临。

慷慨的隆冬，同时还馈赠我一树比雪花还要清凉的古梅。

暗香萦回，是伸手可触的雾霭，无限清浅。

横陈的枝，如我心仪千年的铁笔，以一卷狂草的龙蛇，包容尽乾坤灵气。

九百名淑女击鼓而歌，古梅的高洁，灌溉着她们生动的喉咙。

凛冽的浩气扑面而来，清远的空灵扑面而来，以利器般的锋刃，逼近我的内心。丝绸般的韵味，洋洋洒洒，把我静玉般的操守，洗涤得澄澈而鲜明。

仗剑而歌的词人，心怀绝唱，长袖飘曳之处，天上来的大江，奔腾着蓝色的火焰，一泻千里。

走四方的苦旅，随手折取一截风骨，内心便充满了温暖。他留守老家的孩子，在古梅的清丽中，阅读他通透的襟怀灼灼于枝头，这个血气中长大的孩子，能够清晰地聆听到他父亲比云朵更为深远的豪迈，比北风更为锋锐的呼吸。

古梅，你使多少潦倒在文字中的诗人，星光灿烂；古梅，你使多少囚禁在黑暗中的火种，坚贞不渝。古梅，在你零落成泥之前，我要焚烧尽所有的诗稿。有你这首大诗传世，我所有的咏唱，都比鸿毛还轻，纯粹多余。

古梅，请允诺我以生命的热血，折取你一枝即将怒放的苞蕾，我要把她献给我那些永远只能以鲜血喂养的思想。我要把她献给我那些永远只能以净水温润的瓷器。我甚至要把她献给那些永远让我可望而不可企及的，众神的儿女。

古　藤

一段被光阴反复剪辑过的，年轮的拷贝。

一条被沧桑经久扯拽过的，秘史的线索。

藤，一种刚柔相济的优秀植物。

匍匐，藤是柔肠百结的琴弦。

站立，藤是坚韧不拔的硬弓。

藤的气度，类似于一把剑的锋芒，藏而不露。

藤的襟怀，相当于一支箫的内蕴，深不可测。

在万千伟岸抑或卑微的植物中，只有藤，显现出英雄本色，能屈能伸。

藤，淡泊，容忍。

藤，裸露的筋骨暗聚着钢铁的品质。在充满曲折的攀登里，藤最终的目标，就是抵达阳光，抵达一种生命艰辛而辉煌的高度。

为了永不更改的信仰，藤，有时柔情似水，有时坚韧如钢。

藤，即使被岁月抽干了血肉，被雷电撕碎了经络，只要三尺形骸尚存，生命的至刚至柔，便有了铁的例证。

藤活着，是一种迟缓的，力的舒展。

藤死去，是一挂简练的，爱的风骨。

选自《北海日报》2016年2月18日

海南物事（三章）

陈波来

珍　珠

像那粒沙，那一点无法再搓捻至细的小，才可以
进入坚闭的蝶形贝柔软舞蹈着的内心

像那样的一回开始：珠胎暗结
暗中的一份喜，瞒过情天恨海，持续的不动声色的澎湃
暗中的忘形之惑：山裂为石，石碎成沙
像那粒沙
像那为歌唱的嘴唇所搓捻的诗

暮云四合，我落座于一片环佩之声
通体圆润而安静

黄花梨

需要怎样的撕裂与剥离
才会裸裎出心：最直接的，最珍贵的，涤尽风尘的
一种言说

说给你看，回不了故乡的人，听到过太多的寂静

寂静中的枝柯纷伸，沉疴于心的瘿结，一抹泪里的莲朵
与脚印

你看到青山遁去，岛与岸若即若离，而一片海太轻，一
截香木半浮半沉

一截香木说给你看，说出目不暇接的器物之形：被拨弄
的算盘珠子，敞亮的床几

一地香屑，收不拢回不去，做不回那青葱的树

又一个回不了故乡的你

把古檀色的乡愁唱成云水曲

需要怎样的裸裎与言说

才够一双手直取其心。焚香，净手，不带半点尘器

一双手盘摩，轻轻一百年

珊　瑚

需要多少时间，你才可以，从似水流年里找回

你骑着竹马笃笃绕过的那棵树，你迷路过的那片森林

就像，你可以在水中找回所有的，你遗落在天上的星辰

他兀自在水深处，像那棵树，像那片森林一样

生长。枝横柯斜，一点点，像生活真实的琐碎，一年年堆积

另一种屑末纷扬的记忆，以及属于他的

另一种踽踽独行的生命。或者是

那棵树那片森林，像他一样恍若隔世地生长着

竹马笃笃之声犹在，而迷路的你，被一次次找回

他是今生苦涩地牵扯住你的一个疑问，问着你的前生与
来世

需要怎样的机缘，他撞见你，他在嶙峋的骨骸上开花
他最后的一句话是
有多少寂暗的死，就有多少烂漫的生

选自"我们"微信平台2016年2月4日

穿越时空那座桥（外一章）

王忠智

二十五吨重的条石，至今仍在做着巨无霸的梦。更多的条石，静卧在历史烟云里，寻思那曾经繁华的场景。一个叫宋朝的名字，在浩渺烟波上，时浮时沉。

做一次旅行，从金门的黎明中赶来，从大坠岛的鸟声里赶来。一个壮汉横亘这片海域，礁石们裸露无奈的神色。

以生命的名义承载，一座座桥墩承载着"天下无桥长此桥"之重。大海对他们来说，再亲切不过，再温柔不过，难怪他们在大海怀抱里，一睡就是八百多年。

绍兴八年，一只只海鸥聚集在这一片海域，风安静下来，波涛酣睡了。

十四年风吹浪打，信念是坚强的脊梁，将故事写得眉飞色舞。

奇妙的乐章。"睡木沉基""涨潮架梁"，世界第一座跨海梁式石桥要横空出世。每一个音符，每一个节拍，都是奇迹的想象与发挥。

烟雨迷蒙，多少故事在传说的海域潜行。修炼道人镇住孽龙，从此不再兴风作浪。浪花倾注太多柔情，披上七彩霓虹的时光，美景长驻。

如今的湿地公园，春天的诗行如此葳蕤，引石塔、护桥将军注目；狮子、蟾蜍在芦苇深处沉醉。

开窗，拥抱异彩纷呈的世界。

古渡头，站立一个个番商

南音长调陪伴着，云翳盛开着笑容。

奇装异服飞扬，十洲番人在古镇市井穿梭。

海鸟捎来喜讯。三角帆、刀削帆，片片白云都是客人。

夜晚，兴奋着，我的光明之城。渔火以不同的语言，友好交谈着。

黎明，惊讶了，古镇长街无休止延伸。那些玛瑙、香料、象牙，旁若无人闪烁珍奇目光。越裳翡翠，南海明珠，引一簇簇远方来客评头论足。

五里古渡，黄护携着海上贸易财富，与太阳一起见证了建桥的誓言。

这座桥见多识广，他懂得那么多国语言，他认得那么多国文字，交了那么多国朋友。在他的记忆里，安平古镇每天都在举办万国博览会。

从桥下落船的，都是些丝绸、中药材、瓷器。至今南海1号船舱里，仍泛着建白瓷的神奇。一位书生夜宿渔船，轻吟"五里桥下，夜夜元宵"。

"世间有佛宗斯佛"。佛是慈悲的，佛，不分国界。来到水心亭，海潮庵，焚香礼拜。

泉州郡守赵令衿主持祈风仪式，航程总是顺风顺水抵达。

从五店市出发，从安平港扬帆，"商则襟带江湖，足迹遍天下……文身之地，雕题之国，无所不到。"再饮一瓢晋江水，回味乡愁千万斛；再走一遍五里桥，从此家山千万里。

选自《伊犁晚报》2016年7月28日

春风在哪个旷野上朗诵（外一章）

苏若兮

最近总有个人来梦里客串，角色忽而善良，忽而邪恶。

我不信垄断，但我充满了饥饿。能吞食的，我不挑选，一个都不放过。

那时不是邂逅，是一生的结伴。只披风尘，只话漂泊。

只在我这里贪睡。醒，也冒上帝的名，来哄拍自己。睡吧，像万物中的一物。

享尽人间的荣光。

我的梦里没有土壤。你播种的心要落空了。

看到一幅画，一轮白月悬在淡蓝的夜空。三两根光秃的树枝斜弋。再没有多余的一笔。

是《空》吗？我更愿意命名它为《等》。

和我灵魂有过亲近的人，来过，还会来。

像春风热爱四月。像时光将花朵催生为果实。

不仅仅以文字示众，更以美，以爱情，以尤物。

愿 得

窗台，文竹在风中动。

吊兰在风中动。

对面的屋顶，一只灰鸽子来回跳着。

哦，有家不回的呆子，

就它这个样子，不安，徘徊，左顾右盼。

像我，一颗心，一旦穿越，就是十年，二十年。

甚至是还赖在那贫困年代的子宫。

儿子昨晚和美梦对话：美梦美梦，你在梦里要梦到我哦。

我要去理想王国实现很多东西，一会儿见。

妈妈，美梦听到我说的了吗？

儿子，美梦说，他等你，和你一块儿去。

太阳隐匿在云层里，仿佛一个人隐匿在不可知。

那年，他像雪一样被自然法则带走。

那么纯洁地向着寒风冷雨撒谎：他不在，就是他在。

今天一点明天一点，极其庞大的雪山，正在形成。

选自《诗潮》2016年第7期

从长安向西域，织一匹万丈丝绸

初 梅

一

如果白昼不能，我们就在夜晚，如果夜晚不能，我们就在梦中吧。

当我备好丝线、机杼，用七色颜料调配出百种色彩，M，我们就可以来到南山北麓，来到"神仙路"，从长安向西域，织一匹万丈丝绸。

二

明黄的丝线打底，青铜色的丝线织古城堞，再在古城堞上织出篆体的"长安""汉唐"，大风就向西，刮起我们的丝绸，仿佛亮起了出使西域的旗帜。

再织出汗血马背上的张骞和班超，我们的丝绸就沿着河西走廊，有了辽阔的声色。

马蹄卷起烟尘。

驼铃奔赴大漠。

以纱遮面的楼兰姑娘，坐在高高的驼峰上，久久回眸。她沉陷眼窝的命运迷离，神秘无限，期待一匹最好的丝绸，打开她的桎梏，挣脱匈奴，归顺长安。

三

那么多肥美的牛羊，精美的玉石。

那么多金银珠宝，书籍经卷。

那么多的山川，河流，沙漠，绿洲。

那么多的欧亚大陆板块啊，心怀执念，各负使命，分布在我们的丝绸上，一寸比一寸雍容、沉静，等待着国与国、疆与疆、朝代与朝代、历史与历史之间的奉天契约。

四

命硬的武帝，面南背北，坐在他的金銮殿上，将目光投向万里之外，指认他遍地流失的子民和万物。身前身后，都是载史的浩浩长卷。

M，最红最亮的丝线，我们用来织他的印堂，那方寸之间，疆域辽阔，国力强盛，大汉天子的内核冷硬又灼热。

M，这是最恰当的时刻，隔着两千多年，我们开口，以卓越之声，说出对他的仰慕和爱。将金线织进他的唇齿，将橙色线，织成太阳的形状，嵌进他的胸腔。

五

我们织。

织商队络绎不绝。

织兵士彪悍骁勇。

织埃及的艳后克利奥帕特拉，身着东方丝绸，接见使节，百米之内都是春光，桃花漫天飞……

六

我们织。

织敦煌，织楼兰，织玉门关，织阿克苏，织天山，织帕米尔高原，织龟兹国，织东罗马帝国……

织到丝绸万丈，我们亲爱的祖国啊，从大汉，到中华人民共和国，从公元前138年，到公元2016年，已是"广地万里""威德遍于四海"……

七

如果白昼不能，我们就在夜晚，如果夜晚不能，我们就在梦中吧。

M，我们织。

从长安向西域，织一匹万丈丝绸，织一道旷世圣旨，令众神归位，列国皆长安；令万物服从生之真理，被献祭，又被供奉。

选自"我们"微信平台2016年8月21日

大地上的素描（组章）

唐以洪

羌塘的藏羚羊

刚才它们在山谷里一边低头吃草，一边"咩咩"地轻叫。

叫得那样温顺和无虑。哦，高出人类5000米的地方仿佛就是天堂。

现在，它们停止了吃草，停止了轻叫，齐刷刷地抬起头，诧异地、惊恐地看着我们。不前进，也不退让。它们有理由把我们当成敌人，拦截住人类。

山谷一下子就寂静了，就像人类的战争发生前的子夜。

城市好像病了

城市好像病了，正弯着腰剧烈地呕吐。

据说这些年吃得过饱，消化不良。

大批的务工人员被吐在了回乡的路上。我，只不过是一小块儿被吐出来的骨头。

那些寻人启事里的兄弟永远都吐不出来了。

墓　碑

工厂闭了，厂房没有倒，屹立在我们的身后。

手中的车票像一张遣返通知书——回去吧，给你们的故乡拔草。

回首和不回首一样能感受到，一块墓碑站在身后。

一切已埋葬在那里了。

挖　掘

流水线上没有流水。流动的是贴有"中国制造"的产品。

我不能流动，我的双腿已被生活匿藏。手臂被时代加工，当它们劳作的时候，我多像一台掘金机。

流水线上没有流水，有汗水和泪水。流水线就是一条没有流水的河。看不到阳光，月亮，和星星。我在这里挖掘，像一台掘金机。

我在挖掘星期天，节假日，例假，产假，婚假……三十年啊，它们一直掩埋在黑色的泥沙里。

我在挖掘未来，仿佛未来全是泥沙。

我在挖掘自己，我却在泥沙里越陷越深。

流水线上没有流水，也没有人，只有数不清的掘金机。

掘金的时候，也在掘墓。

回　家

白发回来了，黑发还在漂浮。

眼睛回来了，泪水还在流水线和脚手架上流淌。

大拇指回来了，它的兄弟们没有回来。

嗓子回来了，声音没有回来。

左腿回来了，右腿没有回来。它缠着白色的纱布站在村口，像在报丧。

骨头回来了，肉没有回来。

人回来了，影子还在流浪，命没有回来。

像一把把被借用的农具，用旧了，用坏了——

终于被还回来了。

选自《中国诗人》2016年第2期

大雪，一个人走在宋朝的驿道上（外一章）

张咏霖

大雪。

在遥远的北方，雪花目空一切，肆无忌惮。粉饰了一些繁荣，混淆了一些陈账，拨乱了一些是非。有炫目的白诱惑着，有奇异的冷亲热着，有漫长的夜蹂躏着。于是弄酒。有歌者高烧一样的谄媚，有舞者滥情一样的周旋，有纯真被锁在笼子里，有谎言的花次第绽放……

大雪。

在宋朝的驿道。一个人享受着冬天里的春天。我在每一块冰凉的石板上寻找着。寻找着柳永缠绵的目光，雪花一样纯净的目光。

一树白，满山翠，半塘鸟语，十里心事……

大雪。

在宋朝的驿道。一个人咀嚼着春天里的冬天。我在每一片寂寞的落叶里寻找着。寻找张元幹铿锵的吼声，洪钟一样动地的吼声。目尽青天怀今古，肯儿曹恩怨相尔汝！

红残，绿萎，举大白，听金缕。

大雪。

在我的梦里。一个人规划着冬天后的春天。我在每一个飞逝的时光里寻找着，寻找荷塘的最后清幽，轻风拂不起涟漪的清幽。

烛火微明，柴扉虚掩，淡笑，浅醉。

134

雪花　菊花

雪以洁白以缥缈从迢遥的北国，诱惑我的宁静。每一片羽翼，每一朵精灵。也冰肌玉骨，也无影无形。翩跹于老城的新街，萦绕在新家的颓井。

氤氲着，茶，一壶壶香了；酒，一杯杯醒。

就那么偎依在我的诗里，没有重复，没有伪装，没有迷蒙……融化着一字一词；温暖着一情一景。

一雪如花，雪为谁等？

菊以斑斓以笙歌在咫尺的南国，放逐我的率性。不零落成泥，不蕊寒香冷。纷至沓来的繁华，此起彼伏的虚情。何时笑聚，何处欢成。

皈依着，花，一片片谢了；根，一点点生。

就这样蚕食着我的长夜，渴望踏雪，渴望醉酒，渴望纵情……期待一个手势，聆听一句叮咛。

一花似雪，菊为谁浓？

选自《源》2016年第1期

大自然的张力

亚　楠

草色青青

这草的芬芳进入视野，多么辽阔、清亮，就像远处的钟声把季节唤醒。我站在柔嫩的青草中，目睹晨曦暮霭，任大地沉郁的叹息淹没我的悲悯。

而春天依旧鲜亮。若一朵花的心情……那时，草按照自己的意志，在五月拔节，也用清澈的目光把根留住。我看见，牧民们神态悠然，守望的枝头，他们用缓慢抗拒时间，让节奏的鼓点带着青草的芳菲……

或许下一季，风是淡蓝色的，沿着思绪飞翔，就这样，呈现的种子开始发芽。没有痛，而遗忘只是一种心情。这时候我会停下来，追寻青青草色，一直朝向远方。然后，在大地的宁静中把爱激活。

秋风辞

想象着，塔尔巴哈台寂静的夜晚，风用明亮诠释音符，也用和弦呈现幻美的花朵。只是，夜幕有时也会被风拉长，仿佛遥远的回声，澄澈而忧伤。

我听见的，是月光拍打落叶，是羌笛中苍凉的色调笼罩旷野。

当疆土在视野里绵延，就会涌起一种情绪。啊，我们遗忘了什么？而远处，白桦树擎起的乡愁宛然若梦。

这时，山谷落满寒鸦。我看见，它们扑棱着翅膀，或者，在老树的枝头，安静地回忆往事。也等待着，归乡的梦不再让我沮丧。

啊！假如风起云涌，假如时光深处，大地依然静静守望，我就会回到这里，回到一个人碎裂的梦中。

金　雕

总是在空中盘旋。或者，用内心的定力瞭望。作为猛禽，这鸟中之王也会在风暴里抗击，然后，用最深的孤独把草原擦亮。尤其是，当乌云朝大地威压过来，草在瑟瑟发抖，那些树也在密集的虬枝护卫下，保持少有的沉默。这时，金雕就是草原上空唯一的英雄。

它的眼明察秋毫，铁一般的筋骨可以抵挡所有不测与风暴。因此，我看见了曙光，也看见了黑暗中闪亮的锋芒。

也只有这样的时刻，我知道，草原才是安宁、吉祥的。所以我愿意为这样的猛禽敞开心扉，聆听它内心喷射的火焰，并用最古老的仪式为这只金雕壮行。

选自《散文诗》2016年第9期

稻草人

宋晓杰

1

试着，排兵布阵；试着，记住那些金黄的细端、黄金的闪烁之处。

——诗人说："生命并不短暂，短暂的是人。"

2

遮阳帽。小花褂。倾斜着身体，急于长大。

手握小彩旗，呼啦啦，呼啦啦，麻雀、老家贼，全都被你吓跑了。

——如果愿意，你就顺着自己的意思活；如果愿意，就变着花样儿笑。你就是童年和童话的粮仓。

编织与创意，历来是春天的缔造：清亮的露水挂在唇边，你睁开瞌睡的眼，清风扑面，蜜蜂旋舞，花枝乱颤……在干草收割之前，你不停地歌唱九月、明亮和停顿的时间。

3

古老的机杼没断，打草机停在檐下，会把你打扮成什么

138

样子？那些线、横梁、踏板，太熟悉不过了。是谁令光阴漫漶，一把把星辰推到天边？

当我翻过山岗、涉过梦的泥淖，苦难中止，天使在晾晒翅膀，蕨类在编瞎话，而我在慢慢变轻……

身影消逝，单调的声息、奶奶的咳嗽、模糊的面容……都在原地旋转。

风箱得了哮喘，但是，一家人的夜晚因为你而烟火旺盛，晨昏升起明净而温良的火焰。

4

我们都是稻草人！我们都是稻草人！

地震了！砖瓦因而可疑、危险。唯稻草暂可栖身，唯稻草性格绵软。

乡下的奶奶家不是避难所，而是童话乐园：黑夜里无须点灯，无须烛火，手电恰好是神秘的灯塔——稻草人的卫兵，就睡在我们的身边；我们睡在奶奶家的菜园。

"地震了！"奶奶是发号施令的指挥官，我们每天的功课就是等待命令，也许正在吃饭，也许正在玩耍——人命关天，奶奶爱我们，训练决不手软。

那一次，我刚刚跑出稻草窝棚的"洞口"，却恍然记起我的伙伴——因为笨重的棉衣，因为惊慌失措，七岁的我跌倒在"逃生"的前线！两个姑姑连拉带拽，我艰难地爬出洞口，怀里紧紧抱着你——我的稻草人……哦，寒冷有牙齿啊，它一小口一小口地咬我的鼻子、脸蛋，但我有你的温暖，足以抵御清贫和严寒。

5

我要给你一个心脏，一颗透明的水晶。没有血，没有疼，永远明亮而喜悦。

我要给你绿野、仙踪、夙愿；给你晴朗的笑容、美丽的旅途、至爱的旅伴。

我还要给你：绵延不绝的田野、宽舒的怀抱、无尽的蔚蓝和夏天⋯⋯

6

海子说：丰收后荒凉的大地，黑夜从你内部上升。

田野空了出来，让位给即将君临的雪和清霜。你说没关系，轮回就是再见。

我失神地坐在坝埝上，绿浪翻滚，我却在独自疗伤。直至黄昏温柔，远处的村舍传来匀称的犬吠，一个孩子甜甜地呼喊妈妈⋯⋯奶声奶气的声息在稻海之上，荡着秋千。

7

草民！当星空澄澈，土地踏实，即使我们共用一个名字，也是好的。

多年前，我买了一把韭菜，用稻草捆扎着。于是，我写了一首诗：《稻草》，没有"人"。

但你试着找找看，你、我、他，都在其中。

……显然，这一次无非是额外的器重。

你被重新派上用场，延缓时日。

果实是紧的，需要文火才能层层打开——

就像打开花朵，打开香气和养分。

而灶膛里，跳跃的火焰无穷地涌动，模拟你喜乐的心。

……清晨，当我在明净的厨房，矮下身子，

解开你的发辫，蓦然惊诧——

我不想作七步诗，不想说出那个许多人熟知的隐喻。

我们面面相觑，仿佛两个尘烟满面的姐妹，涉过千山万水，星夜兼程，彼此默认。

8

只有你，听到雪落的声音；只有你，独自迎向灵光消逝的世界。

"在你这生命的草铺，正卧着我一身朽骨……"死亡庞大，如深不可测的深潭、隧道、黑洞。

而温暖在你之后缓缓升腾：最小的雪粒，知道；最弱的花朵，知道；病榻上不停打着冷战的娇儿，也知道……

你用身躯，铺设浮桥——度众生，也度自己。

9

这一回，我要平静地讲述，平静地，往回走——

爷爷手编的柳条篮子，奶奶打开装满紫樱桃的饭盒，墙壁上的军用挎包和嗞嗞啦啦的收音机，树上的水蜜桃，老井，古窑，奔跑的呼唤，村东头的界河，窗外大槐树绿影婆娑，檐下的燕子又筑了新巢……

每一处都有光阴细微的划痕，每一件都是我的救命稻草——即使用减法，也无法删掉的生命密码，一丝丝，一缕缕，幸福的璎珞，精神的沉疴。

我高烧，谵语，全然不知病入膏肓。

10

头插一根稻草，沿街游走——我要把自己沽掉，像酒，慢慢地品，慢慢地酌……生命的酒杯，如轮转的大地，空空如也……

长河落日，是谁涨红了脸，急于分辩。

而大象的足音持重，浩荡的长风，不疾不缓地，吹向地球的另一端。

选自《伊犁晚报》2016年9月29日

灯火经卷

李俊功

喜鹊在阳光的土地上弹跳

融化的土地上，一群喜鹊在弹跳，不鸣叫，不扭捏，娴熟的翔姿，此时的场景，像一篇行云流水的游记，立时生动起来，代替词语做着无声的演绎。

它们的飞，是春天最美的言辞。

暖暖的阳光，欣赏到这动情的一幕，搭建了广阔透亮的舞台。其旁，不再沉闷的村庄是观众，泛青的麦苗是观众，抗争严寒的几株水萝卜是观众，翘首以望渐已稀少的泡桐林是观众。

我跟着渐已拓宽的道路迈动的脚步，走进乡野以及高远天空的瞩望，恰与这群悠然飞舞的喜鹊相遇。它们太像是一团乍然绽放的暖意，是鲜活的春天的一个个诠释。

松软的泥土上一定会留下它们的爪印和影子，它们的翅膀被风雪洗亮，内心燃烧的火，炙融冷寒，它们的飞舞，显得轻盈、敏捷。

它们是这里自由串门的主人，和故乡共寒热，翅膀宽大，驮得起整个平原和浓情密集的风声。

对面，平缓的小路上，几个去村里相亲的男女老少，沉静地走着。不被惊扰的喜鹊已是喜庆的预兆！

站上田野，远望

和闪电共舞的高直榆树此时静默，枝条拿云，不惊不惧，走过了一冬的寒冷。

像时针，它行走到了新一年的春天。不曾延误的每一时刻盈溢着对平凡日子的珍惜。被田野拥爱，唤起几重重绿的赞美。拍击着阳光的皮鼓，将喜悦的声浪刊行到大地上，依然丰厚的冠顶和我的目光平齐，虚拟的通道上，有我的昨天忧伤和耻辱被一一浇熄。

它有一百年，或者五百年的阅世经历，向着时间的唯一方向，用细小的叶片翻过一页记忆，翻过数页记忆。

我贴近而耐心地观察过，它崎岖的枝条上，雷霆斫击的伤，像隐忍着从不喊出的痛，结着疤。

现在，它涓除灰尘的灯花，以点燃一盏灯的形式，把精神的电波输送到至高的领空。

远远地，我读着深层的隐喻。四处空无，内心欣悦。

它不开口，仿佛已经说话；它守静不动，其实已和我携手在无际的原野上走着……

虽然，我的远望远未结束。——围绕着一株高直粗壮的榆树，春天的情境正无限扩大。

苦涩的井水

"文革"初期，著名作家李準下放到通许县润店村，接受所谓的劳动改造。他当年推水车的井还在，水清依然。

——题　记

一个人的水井。

从早到晚，碰撞的铁水链绷紧了1966年一根根敏感的神经。

扬沙的倒春寒风覆盖着沉闷的平原。

冷月的白光洒下沁凉的小麦田。

空望的井口，睁着时光的伤。它是否看得懂一叠叠寂寞的背影？西邻的小清河无法清洗时代的汗尘。水井朝向村庄西南方向弯曲的土路无法伸直情感的纠结。

疲累的脚步走不出自划的圆圈，忙碌的双手推不倒沉重的日子。推动水车，却难以推动心中的自由波澜。我不知道他是否有暇观赏过住处后面生长五百年之久的一株老柿树；我不知道他是否有暇观赏近旁断绝香火成为古迹的大王庙。我还不知道他是否探寻过追随孙中山抗清起义的村民曹金川事迹经过？

单调的水车声震响在大地。

哗哗哗的井水，不，是提升的喷涌泪水，浇灌着干旱的岁月！

推。一个旋转的人影。一个眩晕的人影，在昨天的水井台上铭刻。

水井尚在，水清依然。

唯霉苔四壁，成为昨日难以抹去的嘲弄。

选自《大沽河》2016年第2期

风吹红石岭（三章）

支 禄

石 头

正午一过，大风吹晕的石头爬满红石岭。

白石头、红石头、黑石头、褐黄色的石头……一个个看上去凄惶不已。

像是走了很多路，腿子全磨光了。

溜圆溜圆地，一个个匍匐在风沙下边。

等月光上来后，又神秘地吐烟气。

《聊斋》里说：妖精们总来这个地方，一个个喜欢得不得了呢?

荒凉，让它们更加多姿。

何况钻进任何一个西行男人的怀抱，就可在篝火旁听他们高谈阔论。更多的时候，像从麦草垛上抽出麦草样，一个个抽出一抱一抱美丽不停地喂养饥渴的男人。

一个个丢魂落魄的男人在风的线线上就感天动地吼着。

妖精们，一会儿过足眼瘾，然后，开怀大笑。

石头之上，天空之下。

一棵草就是大树，结满风沙的果实。

千万不要动。

一摇，足以埋掉你的前半生；再摇，埋掉后半生。

篝　火

几个人围着篝火，火焰噗噗的响着。

一头犍牛的大舌头舔着故城以北辽阔的天空。

天空，越舔越蓝。

蓝得足足可以看到不远处艾丁湖干渴的叹息，在湖底留下密密麻麻无法破译的甲骨文。

一根根指头宽的缝缝宛如黑色的游蛇。

大风一吹，在荒凉中不停地游来游去。

鹰，拍打天空。

从今往后，它下定决心要用翅膀把云朵拍出一两滴雨来。

再不忍心看。

一棵棵大漠边缘的草让干渴折磨得不像棵草的样样。

苍苍茫茫之下，

斜倚故城，

从今往后，一口一口能咽下荒凉的人都会写出大气魄的边塞诗。

骆驼刺

一场西风，说上名字的草全走了。

又一场，叫不上名字的草也走了。

风口，一棵骆驼刺形影孤单死死地扳住岩石，大口大口地饮食荒凉。

谁都知道躲过初一，躲不过十五。

远远看上去，那样子像最后一个匈奴抓住马鬃；高昌王失宠的妃子抓住龙辇；一座故城的弯月抓着城垛。

风沙渐起。

天黑时，一棵骆驼刺光溜溜的，像股骨不停地敲着岩面：多少金甲变成黄沙；多少白骨在时光中沉默。

选自《吐鲁番日报》（汉文）社会部"葡萄园"文艺副刊

148

父　亲（外一章）

张作梗

他把虚无最初也是最后一次引荐给我。尔后，穿过漆黑的门洞，再没有回来。

他死了也是我父亲。入土为安了也是我父亲。腐烂了也是我父亲。转世为虫豸也是我父亲。我抱着一捧微温的骨灰穿过人世；

这逐渐冰冷的

骨灰，是

我

的

父亲。

他蹲在树下修理一辆老式自行车。他裹在尘土里侍弄稼穑。他潜入水中摸鱼采藕。多久多久了，自行车已被骑走，稻麦入仓又给卖掉，鱼藕培养出了又一轮新的胃口；他依然没有现身。——穿过漆黑的门洞，他再也没有回来。

我怎么能说我的心上多了一个坟冢？不。晃动过他身影的垄亩开始晃动我的身影。他握过的锹柄上现在缠裹着我的

汗水。他空了的床榻由我破碎的

睡眠来填补。——

他遭遇的劳顿、穷困和窘迫，我一样、一件来承接，来领
取，来

担受——仿佛世袭的衣钵。

雨　中

雨中，有没有一扇奔跑的窗户——它抱着灯盏奔跑，以
便那些不愿回家的事物，能保持同一个干燥晴和的眺望？

雨中——
一只从井底飞出的公鸡，啄食扑腾在大地上的
闪电的蜈蚣；
古莲般深锁地下的
井水为之从我的嘴唇溢出。

雨中：有另外的人，敲响了"蛙皮湿润"①的钟声。有另
外的人，在天上行走，无视一目十行的雨水，书写着他破碎的
一生。——
有另外的人，抄写《法华经》《楞严经》，青苔从他的呼
吸中长出来，有如面壁。

雨中。
物的抑或
非物的区间被分割为无数根雨丝，"一弦一柱思华年"②。

---

① [美] 罗伯特·勃莱语。
② [唐] 李商隐：《锦瑟》。

而为雨驱赶到荒野一角的站台上，那离别之人，像在另外某个时空更紧地拥抱；——"水的皮肤湿润，有破碎之虞"①。

选自《诗潮》2016年第4期

---

① 引自拙诗《初夏》。

高原之上

任永恒

青稞酒

横卧草原，横卧在母性的格桑花里，没想喝青稞酒；裹着奶香的哈达如我心中的流云，也没想喝青稞酒。

直到转过山脊，青稞黄了，青稞熟了，在静静地等着回家。我的骨骼在响，响成一种发酵的声音。

在坡上的房前，我见到扎西，他拎着半熟的羊肉在等我，卓玛不在，去提水了。在同一块石头上坐下，指着一条小路，那条小路陡起，顺着山岩，月亮是一盏青瓷碗。

金黄的青稞如被物化了的阳光，沉甸甸的金属色，人们笑了，把笑脸埋进秸秆里，在这样的夏季里酿酒，我想喝了。

卓玛在水边，在山脚下提水回来，水桶中浮着山影，浮着岩缝中的那棵树，挽起袍角，一只手把小路拨宽了，拨平了，拨得无风。青稞黄了，青稞熟了，像领着羊群，用一桶水在领着青稞回家。

我拨开大山和扎西的手，给我天一样大的草原吧，我要跳锅庄舞了，旋转成一只酒杯斟满祝福。

一个烟盒

最后一支烟叼在无耻的嘴上，空烟盒攥在手里。

路过桑格草原，能把烟盒扔在草棵下吗？在草原人们看不见的时候。

烟盒是红色的，很美好的颜色，可它能像一簇花吗？或变成一只羊，一头牦牛属于草原？那么不属于草原的不仅是烟盒还有我。

沿着洮河，那就把烟盒丢进水里吧，让它沿着水走，在山阴里，在没人的地方腐烂，让所有的高原都不记得这个丑陋的空壳。可洮河里的石花鱼吃烟盒吗？吃了烟盒的石花鱼还是石花鱼吗？最担心让一个老奶奶驻足，她跪下来，挽起袍角，那只不再能伸直的手握一根青稞秆够着，够着，即便够到了也不知放哪儿，那时我的梦里不缺氧吗？

走路。我发现我总是在走路。高原上有朋友和那个烟盒伴我，万山之祖的昆仑容不下一个烟盒吗？若容下了烟盒，她还能容下什么？

隆隆的车鸣带我告别高原。稳稳地睡着，没丢下的烟盒为我安神。

拉　面

来自青海的车票。朋友将地图上的几根线挑起来放到我的碗里，红红的辣子让我想到红枸杞也想起老家，想起每个晚上的餐桌，不喝酒。热热的汤水拴着我的胃肠，暖我。

水是黄河的，连同沉淀的泥沙淘去我的疲惫，有些夸张的大碗属于西北。

想着那碗拉面上路，张开手臂的两肋凉凉的，海拔五千，想同家人说，我在飞翔。

胡杨林的根须伸出沙层，你们看着我生长吧，捋一把叶子放进碗里，我会是一只藏羚羊吗？

可可西里是温和的，曾经的狂野被青藏的列车拽走，长长的铁道线够着拉萨，拉萨也有拉面吗？

拉面伴着西北人的祖祖辈辈，也缠着我们。如果西北重回海的深处，那夸张的大碗会是船，会是一生平安。

选自《山东文学》下半月2016年第9期

古滇祀（二章）

爱　松

父亲《惊愕》：与巫魔打赌

青幽是可以食用的，我说，红酽酽，并非是切割时间而残留的遗产，我继续说，我在地下和地上，并没有什么破碎流淌而过

我和你，就像我和你，并肩穿过晋虚城石寨山，留下的影子，一个是透明的坟墓；另一个，则是漆黑的天空

所以，我决定和你赌上一盘：用我的骨头，作为一架可以活动的骰子，再用我的命，来回转动

我要你猜，猜出那致命的惨白色，几时几分；我要你再猜，猜出腐烂年轮下绿色面孔，淬得的图案，究竟几两几斤？

你胆敢猜，我就任由背后寒光闪闪；你胆敢一直盯着我的心思，我就咬碎我的牙齿

不过，你也知道，我知道你喜欢棋局，甚于赌局，我现在仅此一枚，愿把他当作赌注，与你一搏

这唯一的，我的棋子，心尖上战栗的血肉，我，是你的父亲，并非巫魔，我会把你体内的小蛇，冶炼得青幽似火

155

母亲《惊愕》：与巫魔交换

我在身体内冶炼，如同，青铜肉身在地底承受，埋葬的暗黑，蛆虫的爬行，这是冶炼术，通达时间，改变秩序的人间法则

我通过体内这个，小小迷宫，来触摸你的形状，嗅出你的气味，猜度你的生死，并包裹你，唯一的猩红

这是我未来得及看清，记忆的重生和遗漏，它们，不能和你料想的死亡重叠，也不会，与青幽的重量相契合，我体内，所能容纳的流动，和石寨山地下宫殿，一一秉承，它们毫无二致

那些金属，试图拔出淬火的，绿色声音，和肉身执意隐藏的，建造图，共生我们内部，发酵发霉，这是孤独含义，古老的核心，还是万物重生的原罪感，也是轮回，借助光芒和血液，获得智慧与温度艰险的路途，它劈开时间之核，盗取我的纹路，当然，还有你的隐暗之殇

太阳镌刻过这些，通向未知的图案与色泽，你比我更清楚，被埋葬和开掘了，几千年的王国，留给时间的阴影，并不能靠时间自行熄灭，一再被诅咒的，秘密锁孔，它的匹配之力，它的幽青齿痕，全都被你攥紧手中

借此，我得以我血肉的姓氏；我得以，我骨骼的盟誓；我得以体内，无路可逃的，蜿蜒崎岖，以及无处可安放的，家族之血，来为这团，即将成形的红，做个交换

我会让这小小砝码，青幽的体魄，这个金属与肉身，纠织不清的巫觋，逆着，我流淌的命运，铸造成形，放与你一搏

黄昏辽阔

孜　澜

埋葬过亲人的地方是故乡。埋葬过青春的地方是家园。

群山围拢过来。大地退居一隅。河流在远处泛着银色的光。

不能再远了，这里已是一个国度的边界。你也已经走到了自己内心的边境。

小路扑向黄昏，扑向无边的苍茫。身后，是昏黄的灯火围拢的家园。

翻开先父晦暗的身世，一枚江南的叶子飘逝塞外，犹如断崖上的瀑布，巨大的落差发出的回声，至今仍余音在耳。

埋葬过亲人的地方是故乡。埋葬过青春的地方是家园。无论，内心多么不愿承认。

现在，你的双脚已经在这里扎下了根。柔肠里偶尔还会掠过江南的丝竹管弦之音。而你的肤色粗糙如西域大地上延伸的戈壁，目光时常越过烟云缭绕的天山雪峰。

旷野的风很硬，吹乱了你的头发。你的衣衫在上升的气流中如一面猎猎的帆。

黄昏辽阔。苍穹俯下身子，你听到了天庭神秘星宿的呼吸。

大地上的炊烟

黎明如期而至。炊烟升起。它们形而上的身姿，在空中摇曳、散去。

而肉身是沉重的，低处的生活是沉重的。灶膛里，翻滚的火光，照亮家园昏暗的内部：家族、姓氏、血缘，构成了隐秘而稳固的联系，犹如大树的根须在地下纠缠。房舍、牲畜、土地，呈现朴素的场景。生活中的苦乐、隐痛、重逢、别离，是家园不倦演绎的故事。

暮色中，牵着炊烟的目光，于是有了方向，有了归宿。

大地上的炊烟，弥漫五谷的气息、六畜的气息、人间的气息，在升腾中，努力去接近神祇。

月光的边境

黄沙的经卷远去。峡谷的册页打开。

流岚缠缠绵绵，倾诉草木的身世。

虫鸣吞吞吐吐，敏感、脆弱，时刻提醒冒失的脚步谨慎探入它们的领地。

呓语的风擦亮马骨、鹰翅、雪峰……

披斗篷的白桦树，一一清点散落的金莲、雏菊、紫苏……

沉睡的天空，呢喃的星星，藏起雪豹的踪迹、流亡的种子。

在这阒寂中，你的内心是一面张开的网，挤满飞翔的羽翼。

梦中马蹄嗒嗒，踏碎天边的云朵，翻晒鬃毛里的盐分。

河流沉静舒缓，怀抱村庄，也怀抱迷途的羔羊。

选自《伊犁晚报》2016年4月27日

活时间（节选）

成 路

册 二

信号员被昨夜寄存在巉岩壁上的吼声叫醒
——他看火焰湖浮起的太阳
——他看垂直的山体挂满的冰雪

风掠过，一只隼撞裂冰雪露出突兀的石头，像装置符号，像欲说话的嘴

可信号员说：那是红手旗，在等待着蓝手旗。也许那是单旗旗语寻找转译者。

而垂挂冰雪的山在波动的光后如一面旗子飘扬，沾着隼血的石头是徽标

暗示狼群

把噬血的味道留下，逆风向寺院靠拢

这样，挖掘隧道的鼹鼠就能安然地做它的义工；这样，女画师就会让驼队驻扎在莲花旁。

蓝胸佛法僧①栖在庙脊上，像乞丐，看长木撞钟，看隧道

---

① 佛法僧属的鸟类。

里探出的活物和前世的自己交流。

可信号员说：蓝手旗啊，你别把红手旗孤单得太久。

光质锦，绕在山岭上，像袍，披盖打坐的僧人。
僧人，抖落身子上爬行的狼群
朝向血石头徽标的旗子朗诵咒语——旗后密布的手啊，
你们以索要的姿势腐朽，石化。

风在光质锦上，像洪荒的水，肆无忌惮地奔涌
而僧人，眼神注视的方向是空的，静止的空

不曾预设，庙脊以反击的力量，分崩光质锦
使蓝胸佛法僧把飞羽插在冰雪上，粗哑地嘶鸣着坠落
——它的身体来不及痛苦前捶打地
——它的血液溅起击痛山
——脱去光质锦的山岭，唯是山岭
可信号员说：旗语转译是让岭亦是僧，把咒语领走放在
火中烧。火的中心是黑暗。

起。手旗向岭群发出口令
龛里的虚拟人观赏冰雪上的红点和蓝点舞蹈，扭结，角逐后
从属奴隶和狼群
拉着山岭，拉着山岭上的寺院
无方向地快步走

此时，女画师以睡眠的灵童为轴，用骆驼和大象构筑城池

哪来的眼睛，拥挤在城里
把丧钟淹没掉
把莲池淹没掉
四方的城门已经洞开，眼睛结队出走

此时，女画师托着焦墨盘渲染壁面
洁净的黑，省却了影子，也召唤死墙皮渡向更深的死亡。
然，浮着的空，猜想：虫族在黑的脊背后等待着喷射的岩浆
等待，等待……

此时，女画师站在奴隶中
尘埃覆盖山岭；风，或者水携走尘埃
这里需要梦：驱赶马车的嬷嬷撩起头帕，诱惑行者，在
葬王地
吐下牙齿，一颗，一颗，和污血
喂给狼。
其实，这是给鲎虫蛰伏留下的标识。

这里需要梦，鲎虫飞跃在旗子后密布的手上摘蛹
蝴蝶舒展翅翼贴在冰雪上，像圣女，朝向耶路撒冷祈祷
蝴蝶暖化冰雪的水，漫在玫瑰的苗圃
园丁去了哪里？
该是把玫瑰移植到情人窗口的时候了
可信号员说：旗语已哑，唯能让太阳浮在火焰湖上，唯
能把自己的吼声寄存在巉岩壁上，等待第二天的叫醒。

选自《散文诗》上半月刊2016年第5期

今又重阳

风　荷

1

用一滴水，再默念一遍。

包括草野的姓氏，和无从考证的生辰八字。

水带恩泽，用虔诚的目光，在落叶的正反两面，写下祝词。托鸟声投递到一个血肉相连的地址。

你从哪里来。

宫腔之水一次次地滋润着你。远行之路，两边木槿和芙蓉花，染了胭脂。

吴侬软语，螺旋形的轨迹。从山村延伸到小城一隅。其间，如同一次次登高的叠加。

秋阳融融，秋水盈盈。

悬浮的时光里，缀满了杂花和鸟鸣，也低矮着卑怯和岑寂。今又重阳，五谷丰登，祝福之词当扶上马背。

2

有人同访。

是身怀菩提之人，代替最后一株茱萸。

向往高处之美，圣洁之地，南山是你的第二故乡。

把鞋底擦净，登高。

向一朵钟声打听古老的寺庙，把睡醒的菊香含在嘴里，向宋时的雨借两三杯甘醇。过江东，拣拾一地果实的节气。经秋风，备好长句短句。

在山腰，区分阴阳，和爱。

换下失眠的衣裳和心情。学戏剧里的身段，安贫乐道。听汉字的经声，把中年削薄，任脚尖起落，翻出一堆溪水的白云和青翠枝叶。

3

而今，登高已非虚拟。

然从露水里起身之人。如你，如我。被圈养在一张写字桌旁，惶惶终日，为稻粱谋。

于一张纸上，反复修炼剑术，获得谋生之道。

删繁就简。

锃亮，一把月亮之刀，饱尝了梦里的稻香，果香。

想起清明之前离开之人，在阴间应有酒喝，应有钱花，应把想法已经扎捆成束，应念着这千疮百孔的大好河山。

在水土不服里，获得自愈。

而后，从眼镜背后走来，携起死回生的豪迈。

在村庄里，俯仰。

谈论苦楝，竹篱，猪圈，和远处的小桥，菜园子里两只小羊。

用仙鹤一样的口吻和声音。

跟你说话。

4

云随雁字长，月落山容瘦。

清歌不应断肠。

也曾雨季，也曾泥泞，也曾晨雾。念及祖父，心中蓄满一个春天。

而今，一根木杖，冥想打坐。

额头长出蘑菇。

牛蹄轧过薄霜，阁楼脚印蒙尘，玉米地将迎来迷茫风雪。

祖父，在地下，亦在遐思，亦有昂首阔步之美。

记忆总有细小聚集的辽阔，造物主总有恻隐之心。阳光肥美，愿死去之人依旧活在鲜活的人群和五谷杂粮中间。

5

也不要紧，不见玉枕纱橱。

风吹过山岗。

一个下午被生死之事掏空，填满。灵魂，被一蓬蒿草之光，一遍一遍清洗。

十六点四十分，你又回到你自己这里。光影斑驳，鸟声浓稠，叶子们奔跑在秋天的上空。

争朝夕。

一张白纸，摆出五碟墨香。

阳光吐出金属之声，耳畔歌声迤逦。在体内，你剔除颗粒未收的荒地。

欲要扶正倾斜的山坡。

你的眼里无毒。

久别重逢，你唤出魏晋之马，饮酒，吟诗。邀辽阔的汉语，为一个线装的日子欠身作揖。

加冕。

在灯火初上时，问安双亲。

选自《中国诗歌》2016年第8期

旧　约

潘玉渠

1

我们狠狠地击打时间的鼓面，让世界急速裂变：

影子呈现刀的形状；天空与道路同样泥泞不堪；孱弱的云，枯木和路障，从大海一直铺到高原。

旧有的约定，无从销蚀此刻的心。

春天有生，亦有死。有衰败的高贵，更有盛开的卑贱。

故而，我们早已习惯的风景，文火熬制而成的表情与肢体，最终都在镜框中遭遇了强拆——

仿佛从来不曾有过。

2

阳光在云隙间探出根系。

我们却不能将这块红色的烙铁，视作果实。

老房子一旦坍塌，深埋的地基也将被当作一纸草稿，涂了重写。

墨绿色的血，凝结在地上；长有四肢的鸟群，深陷于地上。还有旁观者凌乱的脚步，被剔除了标识的方向与墓碑，全都碎在了地上。

地上。一切都在地上——

没来由地生，没来由地死。

3

蛛丝马迹般显现，又隐藏。

一个人，就这样成了另一个人的客居之所。

丰沛的雨水，将洗劫瓦檐上的草，并击溃盘踞于篱墙的紫色花朵。

我们没入春天的双脚，不曾确诊大地的痼疾。我们镶嵌于梦境的眼睛，又如何收纳这空旷的暮晚？

冷的风暴，来自嘴角的那抹不入心的笑。

锋利，而又陡峭。

4

有鸟嗝啾于桃枝。

有劳碌的蜂，跪倒在春天。

它们，没有怨怼和敌人。

我们在江边捡拾迷路的兽迹，捡拾不可修复的悲喜。石头不言语，水也不言语。在我们的身后，仅余荒芜的堤岸，与大江一同流淌。

聚散都是抉择，我们并不怪谁。

对错，不过是一个结局的正反两面……

5

人心必会如此——

即使过往褪尽，记忆中隐伏的线索，仍会引发莫名的战栗，就仿佛周身的毛发，会一根根地长成芒刺。

我们曾努力修复一些场景；让熟悉的声音再次莅临。

甚至，它们已成为一块块内容荒谬的广告牌，我们仍旧珍视那段美好时光。这，就是对彼此的期待。

我们从未舍弃内心的火焰，也一直都承认有致命的软肋。

在爱情这块蜀锦上，或红或黑的纹路，时刻泄露着我们的愿想。我们不该只看到自己身上的斑斑锈迹。

6

天，说黑便黑了。

沉沉的，似打了死扣的结。

是我的手太慢？是我的眼太慢？还是我的心太慢？

或许，是时间跑得太快！

磨折如草木，繁密无比。对于每个人来讲，人生不管绕道多远，不到最后一步，谁都不知道能否走通。

我们不愿将苦痛轻易示人，将自己定义为一个心有荆棘的人。

没有模具，没有公式，随意是最好的视角。很多时候，只因放弃的太早，才未等到最后的光明。

选自《四川诗歌》2016年第2期

昆仑山

宋长玥

昆仑山腹地：黄昏

秋天赶着藏羊下山，雪就在对面的山顶耀眼地白。

寂寞的白从东向西，几十年前还覆盖着男人到不了的地方。

现在，那些山岗裸露着灰色砾石，在天空下荒凉地向上。

黄昏最后淹没它们。它们看见坐在阿拉克湖边的男人和身下的石头融为一色，那种颜色不是黑色的，有些苍白，有些斑驳，有些安静，但在昆仑山孤独地显眼。

埋头赶路的秋天，好心肠们梦境荒凉，大风吹过男人的时候，石头的心针扎了一下。

昆仑山区：一顶帐篷

牛舌头长的山岗把三群羊分开。

西边的刚刚爬到山顶，像一朵朵待捡的棉花铺在半空。

另外一群黑眼圈的羊，被哈图河拦在上游，它们看见昆仑山区暮色滚滚，一点儿一点儿暗了。

最后一群，是缓慢前行的青春，傍晚落下来的时候，在

169

我的心尖上剜下一块儿肉，点亮了羊皮灯。

两群羊在昆仑山回到羊圈，半身子高的石圈，拉姆砌了半年，四月放好第一块石头，昆仑山还下着雪；

最后一块垒好，雪已经在眼前的山顶亮晃晃地看着她。正好是六月，拉姆一个人，大半夜望空了昆仑山。

没有回到拉姆身边的羊群，是越来越远的命运。

那么多年，它们跟着我往东往西。

心疼得要命。最小的一只，断了半个犄角，上面风蹲着，伤痛还在。

它回头望望昆仑山，双眼里摇荡的阿拉克湖覆盖了整个秋天。

阿拉克湖：午后时光

男人后面，走着没有故乡的黄昏，一条伸向昆仑山腹地的石子路，很容易就把心硌痛。

空没有尽头，在阿拉克湖和曲麻莱分手的三岔路口，风辨不清方向，它在拉姆的帐篷前停了一个下午，空空的酥油桶，空空的秋天，空空的边疆，空空的自己，风把想说的话压在心里。

拉姆坐在山梁上，经轮送太阳往西走，细微的呼喊从心底里发出来，暗哑，简单；才抽一支烟的工夫，就被四面八方的空寂淹埋了。

二十根长辫子挂着星星的拉姆，昆仑山区的一生多么漫长啊，甚至超过了我们经过的所有痛苦。

巴隆农场：夜空

所有秘密都藏在夜空。一个回族大汉仰起头给男人指出一条银河。

男子想抓一把天上的葡萄，最亮的那粒，甜得不能再甜了。

他伸手，只抓住了两手安静的黑夜。

两颗星星以前生活在地上，一个砍柴，一个织布。

他们的孩子刚刚认清油菜花和豆荚。

唯一的一头老牛，被姐姐牵着，弟弟骑在上面，一串细碎的小铃铛跌在土路上，叫醒了春天。

两颗星星的茅屋，鸟蹲在草尖，风蹲在草尖，花也蹲在草尖，周围的金铃子敞开嗓子：牛郎啊牛郎，织女啊织女，最后也没喊来烟熏火燎的幸福。

男子顺着回族大汉指示的方向，看见巴隆水泥砌铺的水渠流到了天上。

这条河不怎么宽，只有一生那么远。

天上的牛郎和织女跨不过去。在巴隆，喜鹊稀罕，北斗七星偏南，银河上无人建桥。

次日黎明，又红又黑的朝霞半苦着那些秘密。

回族大汉的父亲，一个走遍海西山羊胡子花白的慈祥老人望着远方说，巴隆是都兰的金窝窝，巴隆是都兰的奶

171

杆子。

而在羊皮书里蒙古人骑马挥弯刀，把嗓子喉出血：都兰，都兰——

我把你放在胸口，你捂热我的心。

选自《散文诗》2016年第1期

夜行火车

蓝格子

八月，令人伤怀的初秋。

星星，月亮，都还在很远的地方。只有爱和罪过，一直如影随形。

她坐在车厢里，去完成一段未竟之旅。

身边，有人假寐，有人在闲谈，或凝视窗外。不断有人拖着旅行箱下车，又有新的陌生人填补身边的空位。

后来，火车在黄昏驶入某个小站，她将失眠的眼睛从车顶移开，挪向窗外。她注意到自己的影子落在碎石子上，缓慢晃动，但竭力保持完整。

现在，她想:关于火车，废墟还是棺材的比喻已经不重要了。自己就躺在这棺材里，就躺在这移动的废墟里——

这个世界从不缺少多情的眼泪。远去的和正在靠近的，都是生活。

一个人走平衡木，千军万马过独木桥，同样是需要反复练习的技艺。她习惯于这样的日常。毕竟，人生至此，如同那盘才烧了一半的沉香——

就像火车，也总是一边发出巨大的吼叫声，

一边又义无反顾地扎进黑夜。

梨花祭

萝卜孩儿

梨花，梨花

这个季节是冷调的，这个月份是白色的！

梨花，梨花……梨花不语。
梨花不在正月，梨花在自己的梦里！
梨花是昨夜的相思泪，落在梦的手臂上！

二月飘雪！落寞的一棵梨树，被一场大雪压弯了枝头。
二月的雪，咸味的雪，落在谁的心里不会堆成山？不会凝结？
没有影子的雪，梦里感知梨花的心跳。寻找自己影子的雪，在三月里，相遇梨花——

梨花，梨花！你怎能忍心说出——
二月里雪花的影子，早已被春风打劫……

家

家是一棵树。

家是十万片叶子的思念。

家是无数颗露珠镶嵌的手掌，拍出了风声，雨声，雷鸣声！

家是跳出眼眶的鸟儿，守着爱巢。哀鸣声声，唤不回远去的亲人……

母亲的天空

天空之上画朵云，然后写上两个字：故乡。

故乡之旁，画个瘦小的身影，之后叫声妈！

那是我一直仰望的牵挂和疼痛！

天空之上画阵雨，洗洗老母亲脸上的皱纹。

皱纹里，有太多太多的故事。

故事里，有太多太多的峥嵘，一直压在我的胸口上——

给母亲

这个季节里，需要配多少枚钥匙，才能打开紧闭的心锁？

锈迹斑斑的钥匙，冰冻霜封的锁眼。

母亲，天堂很近！

——每每到了午夜，就能听见您心跳的声音。

倒春寒里，我给您买的新棉帽子，正穿越时空，寄向您！

母亲，系钥匙的绳子，已经换了第三根！

一把钥匙：泪水洗锈，锈更锈！

月光镀银，锈痕更深……

巢

巢是爱的回归。

一棵大树，多少失落的枝条，多少失重的心，重新回到了树上！

回到无数的枝条之间，回到一棵树的怀抱里。

大树下，客居他乡的人，看见一缕炊烟缠绕树梢，却没有看见年迈的身影收拾树下的柴草！

巢是爱的家园。鹊去巢空！

没有鸟鸣的巢，风声来填充。

没有笑容的巢，只剩下一弯月影……

选自《大沽河》2016年第3期

雪托起，烈酒烧透的黄水谣 （节选）

卢 静

1

究竟谁？在亘古沉默的地壳上方，露出庞大的身躯？

全部回忆熔化之前，我推开故乡的院门，顶着黄昏齿轮状的风。一百米外的黄土崖躬背，昂首，分明是一个老当益壮的人，携带几分神秘的气味。

夕阳释放淡金的油彩，他粗犷的胸膛起伏，只待一声长嘶，即将驰骋诸海环抱的岛了。尽管崖顶的酸棘丛戴了白雪，呈现静穆的力量。

谁，在崖腰的洞口拉琴？

远了，近了，又恍若被风的脊背驮走了。

镀上他黑红脸膛的光，在荒野的风里，结出金黄的穗子。

闪亮的铁轨背面，老耿叔的脚步，发出一棵柿子树，不，一棵画布上玉米的拔节音，具有无法修饰的自然。

2

第二个黄昏，我追逐老耿叔的琴，走到崖脚，却停住了。

177

一千米外，从高原的星宿海攒够了一身闪烁力气的大河，在一道劈开夜空的黄金闪电后，骤然俯冲，各大峡口，注释着悲欢翻滚的涛声。

万里漂泊的河，铸为一根柔软的琴弦，缓缓拉响粗粝的石子。

在某一个河湾儿，一万年前，粗犷迷人的鼍鼓声曾火星四溅，沿峻毅的山脊直上浑圆的苍穹。

我曾光着脚，在五月太阳晒暖的滩涂，先甩小石子，在河面打几个漂，又依傍河水捕啊，捞，却只捞上半根琴弦。

拉琴人，忽略了我。或者他在冬季水白的夕阳下，遗忘了身边一枝酸枣的剑拔弩张，一大蓬黄了青青了又黄的茅草，一绺扑朔迷离的风，

甚至，老耿叔压根儿忘了琴。他眯眼眺望，疏松黄土上的一脉水光。

琴声一忽儿壮士断腕般悲凉，漫游于寒风斧削的沟壑，一忽儿终于按捺不住，在瘦骨嶙峋的山石上射一条棱角后，响遏行云，巉岩中喷出一股飞瀑，缠绕日轮的七彩。

暮色里的胡琴，却暗藏地老天荒的苍茫。

5

梦境的底部，我是一只透明的两栖动物，漂泊在旋转的大地，迅疾繁殖的脚趾每迈一步，不免惴惴不安。

一失足坠下悬崖，螺旋上升的气流，却一圈圈淘洗我。

我苏醒时，踩着茂盛了千万年的高原。近于怪叫的兴奋

的呐喊，是鸿蒙初辟，长途迁徙的人译制的鼓点。

究竟谁，让一株毛白杨，长成无琴的弦。

火炬纷纷，抛入零度。

老酋长的一腔热身子，印上了岸，你的掌心，嘭嘭发出磁性的音符。

神祇的白羽毛，不仅信天游，也在塬上刨一个坑，勒令漫天的风扎根，在一丛酸棘里吹吹打打，奏出奇香。

7

一根淡青色的静脉，拉痛我的胸腔。

结冰的回忆录下，苦洼洼，翻出香花花。

当一曲黄水谣传来，我疾奔到窗下，降落一半的黑夜，被一束炽热的爱穿透左心室，大口吐出晚霞的血。

这被坚守的诗，催吐的血。

汩汩燃烧了大地，冲天的焰火，滋养着万物生灵的吟啸与蛰伏。

嗯咳嗯咳哟——河水淘洗的民歌，岂不令我，惊诧万状。

飞闪的人生，恩怨究竟逝水东流，还是雁过留声？谁又能说清？一支心尖子上的山谣，究竟射多强的箭矢？古驿道的驼铃远了，流沙埋葬的白骨短笛横吹……

渺小的生者啊，没有比高原广博的肺活量，岂敢俯视死亡巨大的魔影？

一粒永寂的火种，千万条永舞的彩焰。

民歌手山坳坳上一站，拨坠云团，甩开嗓子，生命中一份最深的眷恋，岂不催我的泪，欲九曲大河一样滚滚奔流？

选自"我们"微信平台2016年4月4日

绿洲扎撒

胡 杨

追踪一座丢失的烽火台

在这旷野，你可以瞄准我的惊慌失措，当一缕缕烽烟，渐渐聚合，像箭镞，飞速而来，所有在这阴霾中张望的眼睛，都熄灭了生命的光彩。这时候，一座烽火台，就是黑暗的中心，就是恐怖的策源地。

当一切都平静下来，阳光覆盖山峦和戈壁，烽火台就像一个憨厚的老人，蹲在大地的一角，或者依附于山岗，眯着眼睛，晒太阳。走近它，你会发现，它是那么衰老，似乎轻轻地一阵风，似乎微微地咳嗽，它的皮肤就会一点点脱落下来。它还是那个在冲锋的号角中威武的巨人吗？它还是那个指挥若定的智者吗？

一只麻雀站在烽火台的顶端，叽叽喳喳地叫着，顺便抛下了稀稀拉拉的粪便，这样的粪便在烽火台的一侧到处都是。麻雀蹦来蹦去，看见天空飞来一只鹰，它就惊慌地逃向山谷了。

我还是以为它就是一抔黄土，不是那个用血、思念、汗水、勇气、牺牲垒筑的烽火台。

我沿着古老的防线，追踪一座丢失的烽火台，一直追寻着，一直也没有找到，看来，它真的从我们的记忆中抹掉了，我们再也看不见它的身影了。

废墟上的桃花

高高低低的土墙，似乎是谁家破损的院子，而院子里，则是一大片的桃树。春天从这断断续续的土墙上越过，似乎更加兴奋，犹如一个偷情者悄悄进入姑娘的绣楼，一树一树的桃花艳艳地开了。

我一直觉得这土墙是一个殉情者，为情所动，桃花开了；为情所累，一身的斑驳伤口，流着血，生着脓疮，好在有这繁花抚慰，它渐渐地面色红润了，不知道是羞涩还是激动，桃花丛中，它的身材愈发庄重、挺拔了。

我走进桃花园，阳光如同桃花的薄翼，在我的周身飞翔着，眼花缭乱的光线，最终定格那纯净的色彩，如果有可能，我把自己变成一只蜜蜂，探访每一座花蕾，在每一个花瓣上安放自己的婚床。

后来，我站在土墙上，土墙的一侧有标明年代的石碑，哦，这土墙的年纪，竟是我们祖宗的祖宗缔造的王国，在漫长的岁月中，理想失散，连这城墙也没有守住最后的祈愿，于是残垣断壁之下，这一树树的桃花，算是一个喜艳的结局。

废墟上的桃花，那花，那花落之后的果实，是一群人的眼神。

玫瑰谷

　　春天的时候，峡谷背风，阳光照进来，就满满当当地装在了峡谷里，一点儿都没有外漏。

　　暖暖的阳光中，不安分的草发芽了，长高了；峡谷外面还是漫漫荒芜的时候，峡谷里的春天就已经冒了尖了。也不知道是哪儿来的玫瑰花籽，随风吹落于峡谷，潮湿的泥土迅速覆盖了它，春天迅速地唤醒了它，不知不觉中，它的子孙占领了整整一条峡谷，那些野草不情愿地匍匐于它的脚下，像是它的仆人。

　　这玫瑰花要是生长在花园里，有它的妩媚；而生长在峡谷里的玫瑰却多了些野性，毫无节制的蔓延，阳光铺洒的地方，泉水流过的地方，密密匝匝地挤在一起，全没有玫瑰花的高贵与优雅。就像山口的两棵老榆树，主干粗大，歪歪斜斜，所有的枝条都有着直刺天空的桀骜，这山口的风，全在这两棵老榆树身上了，似乎它只要抖一抖，就会从树叶间蹿出强劲的风头。

　　不被人识的玫瑰，在偏远的玫瑰谷自得其乐，自生自灭，每一个轮回，都有不一样的春天和秋天。

选自"子曰"微信平台2016年10月10日

马东旭散文诗

马东旭

新的一天

最真的颂辞。

献给青岗寺的佛。

庇佑我的永恒的家园，是豫东，是黄淮冲积而成的扇形平原。那个仁慈的僧人，头顶慧光，他转动一粒一粒的念珠，沐洗内心的铅华。

我想到了霾。

想到了霾包围的人类，突然落下了泪水。

此刻，我在金色的黎明中，远离喧嚣。我崇敬的圣殿，散出奇异之香。合十的手掌，几乎触到了穹庐的蓝。

瑞　雪

在黄淮平原。

在一片静谧连着一片静谧的棘古村。

我的小火炉，逸出温暖和祝词。我的羊群涌动，但每只羊都是一个圣洁的语词。灰暗的天宇开始倾倒瑞雪，兆丰年。

我们接受恩赐。

并祈祷，黄金的谷粒高过芥子三尺。我满上蜀黍酒，一饮而尽，忘记了远天远地的蜀国。我瞥见村外的谷水，它慢了下来，它挽着八百亩田畴的手臂，凝成神的美丽的璎珞。哦，这浩荡的雪，犹如花针。

绣着我们日益丰饶的家园。

青岗寺一瞥

在乡下，神是孤独的。

她比神的孤独略高。

白发如昼，于暮光之中，显出疲倦和沁凉。

不要注视她的面颊，已经空洞。不要在她的眼窝里寻找细腻的泪水，全无。她喜欢一个人摩挲浓浓的旧空气，并弯曲在里面。

她的声带暗哑，念不出大悲咒，她想立两个莲位：一个为黑发人，另一个也为黑发人。

众神不语，盘旋在高高的尖顶。

享用人间供奉的甜蜜的香火。

十月一送寒衣

这儿是豫东，并不丰饶。

草木万顷，托着祖先贫穷的魂魄，我知道每一次晃动都是在祈祷丰饶。但我的悲伤是隐秘的，饮水食盐，饮酒就会落泪。饮下泡影之词：大地和天穹，仿佛是两具尸体，卡在了喉咙。

我渴望成为其中的一具。

这冬日平原，它让我疼，三三两两的槐木骨架，抵住西伯利亚的寒冷。

抵不住生命的白昼流逝。

归　宿

在这个世界上。秋天深了。

我不再执刀、云游，唱大风起兮云飞扬，返璞归于河南。我提着红灯笼，细细打量家乡的房屋，每一平米的寂静。与草木，安于这古老的平原，天苍苍，饶益众生；它的高远和宁静，我只能动用修辞的手法。我要做个良人，画荻教子。

收拾自己瘦小的山河。

越鸟，你就巢南枝。

胡马，你就依北风。

灵魂受到推搡，去老死他乡吧！

选自《山东文学》下半月刊2016年第4期

弥　漫 （组章）

庞　白

弥　漫

我相信云朵的任何变化，哪怕瞬闪即逝，都是率性而为。比如现在看到这朵云，在天上的生起和消散。

我相信它们的天空已经没有恐惧，而且无比宽容，云朵才会如此坦然，起伏和往返。

起伏和往返的，还有它们交错而过留下的寂静，一直在大地上方漂泊和弥漫，既无处安放，又悬而未决。

一盏灯在远处的青山上明灭闪烁

有暗雷从山上潜来，击伤雨水；又悲伤轻盈，跃上山坡；古老枯树上，有浆果倏然坠地，微醉的藤蔓，和近处的野菊呼应。

春夜盛大，风吹得到处都是。风目睹了青山上的一盏灯在我心里演变为漫天大火的全过程。

当我仍然站在青山下眺望，再一次拒绝转身。我只能说，夜凉如水，孤独如灯，现在不仅仅是天意了：

夜保守着一个秘密，既清高，又庸俗，就像那明灭的灯光，被一场灵魂的飞翔所覆盖。

啾啾鸟鸣突然直上云霄

看到恭顺的老牛和年迈的老人，这一对始终保持着温暖距离的兄弟，出现在薄暮中的林间小路时，鸟鸣在他们头顶的树梢里缓缓响起。

那些鸟鸣声慢慢热切起来。

当老牛牵着老人走出树林的时候，鸟鸣中突然有一声呼哨，拔地而起。

然后箭一样的身影，直上云霄。

简单、轻捷、快活，没有一丝迟疑。

那决绝的飞翔，好像要把一辈子积攒下来的力气，全部都留在上辈子成长的树林。

山　月

它们是漫漠的大和散，像无数银币撒向原野。是流失的渴望，惊醒古老神灵——

她们正在协调与夜晚有关的思想和想象。她们用不可触摸的湿润锻鏾夜晚的另一种意义，照亮隐约机缘。

或者说，她们代表山坳阐述另一种含义，将巨大无比的空间，压缩成遥远的一点，透过掌心，发散光泽和温暖，证明华丽已经隐蔽，秘密正在展开。

月光簇拥并驱赶的意愿，渐醒……

目光尽头，往事纷沓。童话露出干净的真诚。植物般幽暗的词汇，带领我们，低头缓行。路上叶子落下的声音，没有想象中壮烈，只有如水般源源不断，把我们带出深邃的梦境，用均衡的速度，向自己靠近。

选自《星星·散文诗》2016年第4期

那些花儿（组章）

雨倾城

梅

我站在你的燃烧里，倾尽一生。

辽阔的风，在大地的掌心，走过。

走过，唇上沾着暗香。

走过，花的影子坠落成诗。

那么多的绽放，开出少年的颜色。战栗，却又汹涌。

这安静的人间，城池颓圮，可曾听见我内心的涛声还牵着昨日辗转的征程？

寒，接踵而至。

越来越多的人，被时间埋葬。从边关到小楼，从沈园到城南，从阳光四溅的早晨到雨声不断的夜晚。

你就是我的万里江山了。

朝拜山水，天地泼墨。云水深处，栖息的骨头，长出空旷。

雪花不断落下来，落下来，让我如此深爱。一截枝丫，用积攒一生的坚持，声情并茂，仰望命运。

热血和黄昏，归于清浅。

瞳孔，涌入几行苍凉的诗句。

华发向人，我决定守着嶙峋和浩荡，与天地往还，邀风，邀月，邀雪，和梅互为温暖互为春色互为梦境。只留一片白，一片真，一片香。

不想说，这些年，风声正紧，尘世的雪，一望无际。

菊

任西风掠过。

一朵菊，卸下虚妄，开向秋天。

秋丛绕舍，一脉清香藏身霜降，让连绵起伏的山峦，离佛最近，离宁静最近。

南来北往的脚印，一脸虔诚。

被谁遗忘。

我小小的疏篱，开始隐退。

和村庄。和旷野。和河流。和渐渐茂盛的诗句。和把酒的时光。和无为之境。

深入南山。

用清霜擦拭骨骼，孤独和疼痛，都被俗世的生活带走。

时间之上，和菊花在一起，我的国土辽阔，我的天空碧蓝如洗。

悠然，是唯一的背景。

把虫鸣和炊烟揽进胸膛，车马渐远。

在高处，那个荷锄的人，那个衣襟沾满淡泊的人，于月光铺就的小径，逍遥走过。

风声一阵紧过一阵。

我该如何举着花香辨认前生，从喧嚣的人群到温柔的沟壑？

菊花开了。

一个人的行走，照亮了历史。

荷　花

有过怎样婉约的从前。

水清浅。

丛生着清瘦的风骨，不蔓不枝的思想。

风中，再无我的接天莲叶我的映日娇颜。茂盛的阳光不在，采莲的女子不在，飞来又飞去的蜻蜓，也不在。

低眉抬眼间，衔云而过的鸟，写意池塘的背景。

是繁华落尽的坦荡真实。

我所有的朝圣，在枯败的枝叶间，玉洁冰清。

感谢众荷的梦想，让我们在夏日之后，在一次又一次的风霜雨雪之后，仍给予我们凋零的美丽，葱茏的期待，至情至性的热爱，以及出淤泥而不染的坚贞和信念。

捧起水中的情怀，放低自己。

我忽然听见一滴一滴的晶莹，仿佛有了年轻的心跳。

内心的村庄（组章）

周根红

种 子

带着一把种子远离家门。

一把种子给了我收成、麦垛、晴天或者雨夜。它一定要我长成它想象的样子，长成一粒麦子或是一条黄瓜的样子。

当我走出村庄，它的背影，多么像一只孤独的乌鸦，越走越远。然后，天就铺天盖地地暗了下来。

我的心也暗了下来。

但我一定还带着每一株植物的姓氏和疼痛。

我每天注视的目光一定先落在一片叶子一只虫子身上，我的每一个眼神一定还带着绿色。

这些年，我只想要一片小小的土地，就像我躺下去的那么大，种下这把种子，让它长出一个叫作同盟村的故乡。

村 口

一滴露水，三句喜鹊的歌声，是我离家时的行囊。

一身风尘，二十年的漂泊，是我回乡的盘缠。

村庄提着两盏灯迎接我。一盏叫父亲，一盏叫母亲。

风正把火苗吹得东倒西歪，他们身上的温暖逐渐变少。

在村子的入口，迎面碰到一群鸡。它们神色自若，我却有些紧张。

它们，才是村子的主人。

铁 匠

一直觉得，父亲是一个铁匠。他一生只做一件事：锻打！

——我们姐弟三人就在一双铁锤下生活。

有时，他把我们打造成一朵云的形状，打出风的翅膀；再用上好的蹄铁，锤炼出马的速度。

有时，他给我们泼一瓢冷水，浇灭我们的清高和桀骜不驯。

如果还嫌不够，就把我们重新塞进炉子，一直烧出火的模样。

沉 默

让自己沉默下来。

像一块石头，紧紧抱住一座山，或者死死守着一弯水，不轻易开口说话。

天晴时，就学习一头老牛安静地耕作，像翻耕土地一样把心翻过来，让阳光晒晒；下雨时，也不能像雨水那样，滴滴答答说个不停。

而夜深人静时，最好躺在风的床上。

认真地想一想：怎样才能不让一滴水，轻易滴穿内心的时光。

选自《北海日报》2016年03月24日

藕（外一章）

杨犁民

许多时候，是不想，不愿，不屑——
荷碧连天，花艳欲滴，光鲜与热闹，都是浮在上面的，
短暂而肤浅，最终，皆逃脱不了枝残叶败的结局。
唯有藕，蛰居水面以下，
在黑暗而深沉的隧道里，沉潜，修炼，
自己点一盏灯，照亮前行的路。继而
避开世俗的喧嚷与目光，打败孤独这个巨大的死敌，
一次次，与苦难的灵魂对视，
把自我养育，养育成琥珀般的大王。
只有那刨开污泥的人，才能与之相遇，
并看见它雪藏的光芒。

清扫夜色的人

沙沙沙，沙沙沙……
我住在一个人的公寓里
难得的清静，可我还是被什么声音吵醒了。这是十多
天来
我第一次醒得这么早
沙沙沙，沙沙沙……
噢，我终于明白过来了—— 一个扫地的人，白天走过林

荫道时，我就曾想

要是这地上层层的落叶，一直不扫该有多好呀

但是也不能一直就这样让它落下去吧

沙沙沙，沙沙沙……

声音虽然轻之又轻，还是把我弄醒了，只是我不知道，这扫地的

到底是男是女。深秋的空气，会有些微凉

他（她）怕不怕冷？而且不管怎样

他（她）也应该上了些年纪了吧

也许早已年过半百，是三个孙子的爷爷；也许正值盛年

是两个孩子的母亲。我这样想着想着，声音已经越去越远了

我这样想着想着，最后一点夜色，已被清扫干净

（窗户上，迎来了发白的黎明）

选自《散文诗》2016年第4期

飘移的阳台

语　伞

1

花盆心怀植物的信仰，鸟儿坐禅——

我有翩翩霓裳，假设高悬之心。

……我从客厅径直地向你走——多少年过去了……玻璃瓶在饮水，情人草在枯萎，我晾晒时间的手臂，被诗句庇佑，流出星辰和梵音。

影子轻叩，我心飘移。

城市的尽头，有天使的翎羽，你洁白的骨骼饱含善意，替我忘却同类，忘却异己者，忘却生与死，在高傲的心灵边界博弈。

不怕山穷水尽，一阵比未来还辽阔的风就是见面的礼物——我替你接待屋顶，接待树梢，接待远道而来的云朵，接待夜晚的漫天星光，我们自设盛宴，不对华丽的餐桌和酒杯说：在那里等我，这里没有路……

2

吸入衣物柔顺剂的香气，我反复旋转旧衣架。

风又吹你如自由，盛开无边的旷野。你飘移到哪一个城市，我就从那个城市出发——

奔向遥远的想象的心脏。

姿势。激情。频率。寂静。它们的比喻，就是用人类醒着的样子，练习高深莫测的催眠术。

钟摆嘀嗒，我切水果、洗蔬菜、给家具除尘，重复生活中喜欢或厌倦的细枝末节，你把现实抽象化，为一株蒲公英的晚年感到遗憾——

而我在继续等待飘移，携带蒲公英花絮的思考。我飞临可供噪音表达的那部分和你一样，悬挂在半空——

"你是我塑造的指引和抵达。"

我无数次站在你古怪的身体上发呆，仿佛历经人世间的所有漂泊。

3

在没有时空的国度，一个城市的出现会惊醒所有正在做梦的人。

——你把耳朵藏在心里。

——你作为城市的语言被我借用。

暮年的宁静里还住着啃太阳的青年，他们的鼻翼停有马匹的呼吸，他们的胃部被各种新生事物充满，他们也曾孤注一掷地说，是正午的阳光支撑着生命的无序，用光线覆盖了衰老的秘密。

——而揭开你每一层面纱的，是低调的曙色，它们享用你的从容、闲逸，正如我此刻享用你在我心中的飘移和难以触摸。

于是，我熟谙生存之道，身子微倾，给你身上的仙人掌浇水。

我预言我每天都只回到你身上——遥望——做一根藤蔓，缠绕你大脑的全部想法。

4

你沉默的脸开始渐渐隐退……

我依赖你扶在栏杆上，夜空的幕布上——谁不明亮，谁就将永远愧疚——

花盆里的松柏在月色下读银光，稠密的星星代替它们心若繁花。它们给平常的日子镀上一层神秘的颜色，我站在它们身边，羡慕像无法控制的忍耐一样不可消亡。

你视我为知己，身体在此处，思绪却带着我驶向远方——

远方是注视，是微笑，是手的延伸……是那个充当修辞的你，把剧幕拉开，独自完成出场、登台、谢幕，而虚幻的表象仅仅是潜意识的玩偶——

我什么都没看见……

我依然不断眺望远方，从追逐你的思想开始——你用安谧盛放人脑对这个世界的认知：顺从与反抗的自我慰藉。

黑暗中，我向下看，巨大的深渊越来越清晰——

5

我停留在洗衣机上的手响起了回声，因此必经的途中充满迟疑、犹豫，人群的身姿左右摇摆，我的指南针只朝向故乡。

你仍然很镇定，手臂上挂满丝、毛、绵、纤维、锦纶的混合物，我闻到的每一丝香气都让人怀旧——

没有什么可以代替童年……

代替你的是我对未来的假设，在长时间的冥想中，有意念的爬山虎蔓延至你的全身，我坐在你额上的摇椅里，看指甲花顺风落入手腕。

你说，对一切亲近之物都要满怀敬意。

我成为旋涡的一部分。

我在找我作为水滴的模样，抑或是化为云朵的模样，流动的羽毛可以献给魔术师，然后我被展开、折叠，顺着那一口仙气，骤然消失。

你茂盛的常青藤常常挽救我于水火之中……

6

你周身都是完美的边缘。

我在叙述的中心整理线条，像一个手握无数杠杆的人来回晃动，寻找最柔软的坐标。远方的支点是一只飞鸟，它用飘飞的样子模仿你，在我爱的默认下。

只有远方知道你是传说中的旁观者。

我接雨水喂养芦荟、迷迭香，站在你的穹庐下阅尽浆果和谷粒，季节在为一切惺惺相惜的事物编钟——你有漫长的眼神——

看我从你身上飞出，在城市的一隅分布离别，而相逢刚刚路过，很多种手的总和，构成了一座城市的亲和力。

再一次眺望时，某种更大的自由说服了我，我在沉思的时候挣脱了你，而我却浑然不觉。

选自《星星·散文诗》2016年第6期

飘远的背影 （外三章）

倪俊宇

此刻，雨声念叨一个名字，许多细节，便渐次洗亮。

蕉叶上跳跃的韵律，自一曲广东音乐中弹响……

疏疏密密的跫音，踏过秋天的小巷，踏过白玉兰的馨香，悠长河边的小路。

只记得，红纱绢摇动渡口，淡化灼灼山花。一声汽笛，拉长蓝色的痴盼，留下无情节的悬念。

孤帆已经隐入飘远的云影，唯有那背影，总在眼前晃动。

那背影，遮断了那句话，那句总怀疑未熟透的话。

我真想，把这沾着泪痕的背影，读成初恋小路上的羞涩，读成沙滩上折叠的缠绵，读成渡口与船的启迪。

岸树摇落几多夕照……

有谁知？岸树下，我多少次总以期待的姿势，站成河边的风景。

让记忆翻成浪花，将那背影长久地滋润。

叠成彩蝶的信

是在檐雨絮语绵绵的时节……

一蝶彩翼，抖落烟尘，返回最初的炫目。

是那只从弦上翩然飞起，在人心上栖落的蝶么？

烛火，燃亮了谁的西窗？夜雨，涨满了谁的秋池？

薄薄信笺，薄薄的蝶翼，将重重的情愫，驮进走也走不出的梦境……

曾记否？爬满岁月青苔的堤砖，被滴落的别绪磨凹；那株岸柳下，一个愁字在你眼中，洇成湿冷的黄昏……

此刻，雨声念叨一个名字，许多细节，便渐次洗亮。

往事难追。遥望千里之外的那条江，蒹葭苍苍，孤帆远去。

可否把孤灯，幻作桥头桃红的倩影？

今夜，第几朵烛花，是你的蓦然回眸？

唯隔着茫茫秋水，让翩翩彩翅，扇醒彼此心中的姹紫嫣红……

月夜的琴声

清泉数股潺潺而来，溅起一地月华碎片。

涟漪，明澈而细。倒映桃红或几声断鸿。

顺流而下或逆水而上，都能触摸到，岁月中的涧畔、山花、石棱，和许多往事……

烟雨青翠的气息，自时光深处，飘来。

透过柳丝的绿雾，彩笺便成兰舟，于粼粼琴声上漂浮。

一方罗帕，一篙叮咛，沿丝弦走过几多碧水青山？

竹影间的期待，与红伞下的诺言，都搁浅在回忆的背面。

指尖的战栗，是多梦季节的思绪。

总有一盏飘曳的灯，闪烁着明明灭灭的诱惑……

来自昨夜的独白，有谁，能聆听它刻骨的忧伤？

岸柳依依

秋雨，渗进缄口的岩层，和一种韧性的岁月，斑驳出悠远的表情。

那几缕易动感情的柳丝，斜倚在季节里，曾拂动过多少心绪的涟漪？

路边的野花，如期绽开不违诺言的浅靥。

而跫音不响，红纱巾不曾摇动笑语。未见到一束红妍涉过秋河，徒让岸树扭弯了许多情节。

雀翅在暮岚里颤动不安，棹歌游弋在波光上，渐行渐远。

而晚风，仍在沙渚苇叶的唇边，默诵谁的名字。

光阴洇化的身影，晃痛我守望的视线。

你在哪一处烟水尽头？你在哪一曲箫声背后？

哦，凝眸处，毕竟逝水悠悠东去……

选自《伊犁晚报》2016年3月31日

青藏气质

梅里·雪

经幡飘荡

蓝，白，红，绿，黄。

承载太阳和风的力量，揭示大地和生命的秘语。

自由地飘荡，却严守五行的秩序：蓝天，白云，火焰，绿水，大地。

你要来，站在青藏的大地，你就是金，是木，是风。

你的辽阔就是佛光闪闪的高原。

村寨，垭口，草原，只听见经幡的吟唱。

大地之上，那是一个人对尘世献出的无限美好。

佛陀教言一遍一遍在风中飘荡。

寂寥苍穹，静听阳光和风的真言。

离去，回望与你相生、相依、相克的五行，

哪一种色彩都是我们的肉身和灵魂不能缺少的依靠。

九片雪

第一片雪，看见佛经里的雪莲花，穿越唐蕃古道的人不孤独。

第二片雪，骑着羚羊种青稞，迎着大风生长。

第三片雪，神的草木，佛的石头，跟着一米阳光到一个扎尕那的村庄去了。

第四片雪，落在拉卜楞大经堂的金顶，这是神有意安排的。

第五片雪，黄河源头正在受孕。

第六片雪，放飞的隆达（风马）在风中写诗。

第七片雪，草原在宁静中等待星辰和月色。

第八片都是参透贝叶经的隐者。

第九片比白塔还白，经文里的光芒都走不出雪域的幻境。

之后的每一片，我不说，交给你。

你说什么，我都跟你走，只要是去甘南——中国的小西藏。

牧雪的鹰

蹴在雪地上的鹰和一介布衣贫僧差不多。

禅房造在雪山崖壁上，让我想到悬空寺，禅定寺，马蹄寺……

僧人喜欢在深山幽谷闭关修行，鹰也有神赐的七日封口不食之期。

在禅房里静心坐禅。也许是在做忏悔，为生灵。

云游和漂泊也一样。

僧人走遍神山圣水找寻灵魂的纯净，鹰总是漂泊在天空，亮出它空性的孤独。

唯一不同的是，进入冬天，僧人安守清贫，驻寺。

为燃灯节，为正月毛兰姆大法会做准备。

只有鹰不管红尘的纷扰，拎着冬天去牧雪。

空旷，沉寂，静穆，翅膀掠过一部苍茫茫的大经书。

一声啸叫，山河的经卷被打开——

选自《大沽河》2016年第1期

青海大地

草人儿

四格力村

柴达木盆地，风裹挟着沙，沙拥着风，茫茫四野，一片苍凉。

天地之大，四野空旷，一个人的行走显得渺小。

天湛蓝，蓝得让你想念绿，想念偶尔的树木。

这里简单，纯净，除了天空，大地，就是你。

这里真的有海市蜃楼，在你疲惫不堪，在你对一滴水的希求转化为对一场雨无尽的渴望时，孤单远眺，海市蜃楼便出现了。

这幻想的世界，远远地支撑着你。

这里缺少氧气，这里缺少蔬菜。

这里风沙弥漫，四野苍茫。

而就在这里，一块长方形的石碑坚固地立在沙石上，方方正正地写着四个字"四格力村"。

这里有一个村庄，这里缺水，缺氧，缺蔬菜，而这里生活着一些村民。

我必须想，这里一定长年住着爱情。

贝壳梁

我来时，它是一片沙漠。而传说这里曾经是海洋。

眯起眼，眺向远方，天高远，云轻淡，风在吹。一片蒿草，在风中摇曳。

它是海底的水草吗，它是海底残存下来的绿色生命吗？远远的一大片，风吹啊吹，草哗哗地唱，我用想象赋予这片蒿草清水和波涛。

石沙耸立，草在沉陷的盆地里，这时我想扯一片云填补它为海，扯一片蓝天填补它为湖。

我要给这片海一个有力的证据。于是，我在沙墙上寻找，我要找到一截鱼骨，找到一块珊瑚的化石。

在沙和石堆砌的缝隙里，我挖出了一个贝壳，两个贝壳，三个贝壳。

珍惜地捧在手里，我对蓝天说，这里曾经是海，我对蒿草说，这里曾经是海。

这里曾经一定是海，有海底的生物珍爱地捧在我的手心。

走时，我把三个贝壳原封不动地镶进了沙石的缝隙，带着一条干鱼的眼睛。我想让后来的人，充满希冀地相信这里曾经是海。

这里是青海西部的贝壳梁。我愿意想象这里曾经大海汹涌。

茶卡盐湖

茶卡，"青海的盐池"。藏语的意思很美。

"达布逊淖尔"是蒙古语，盐湖之意，也很美。

与青海湖相隔，南守鄂拉山，北临青海南山。

起大早赶到青海省海西蒙古族藏族自治州乌兰镇茶卡镇，大概十点左右。

一个白盐结晶的世界。蓝天蓝，白云白，四野白花花的盐堆积成小小山峰，远远地，紧紧地拉着天上的云朵。我的欢呼声止于"太美了"！

盐湖水清如镜，湖底的白依稀可见。大朵的云彩倒映在湖中，朵朵云开，是花，是雾，那一刻我已无法分辨。我只想把我的前生，后世一并放在这盐的世界里。

一辆小火车搁置在湖边，铁锈斑斑，不难猜出，这窄窄的轨道先前是运盐的，它把盐运向哪里呢？大地的深处，白云的顶端，这都是我希望的。

这久远年代的小火车，让我生出了别样的情怀。一部电影中的镜头：一辆乌黑的小火车，穿过盐的隧道，驶向白云深处。

我把同行的四位诗人安插在这辆小火车上，或依窗而立，远眺白云，或斜坐窗前，俯视大地，两个背靠背的青年，戴蓓蕾小帽的，手里可以端着一本书，另一青年，支头冥想。

六月的天空下，着一件棉麻白衬衫，坐下来，斜坐在轨道边，远处白云白，近处白盐白。细想人世沧桑，或许也和了这盐的深意。而内心深处希求，我远远近近爱着的，都应该有几分盐的重量。

诺木洪农场

一块绿洲突然出现在戈壁滩上。

这就是诺木洪农场，一群老战士用四十年的时间建设了它。

这块绿洲镶嵌在柴达木盆地上，是的，是镶嵌。

这绿是突兀的，新奇的，它温和地摊开，在光秃秃的戈壁滩上，这突然的出现是令人振奋的。

路边的树整齐地倾斜。一边倒，倒向北边。应该是北边，因为我想到了那句歌词，北风那个吹。

倾斜的树欢迎了我们，我不得不倾斜了身体，抱向一棵大树，犹如抱着归家的孩子。

风沙肆虐，树倾斜而下，此刻，我还是想到了威严这个词，崇敬的目光投向树的根部，一次又一次。

坐在广阔的天地间有几名老太太，她们在聊天，拉家常。穿布鞋，提竹篮，布衣上有补丁，那是2010年的6月。

茫茫戈壁上，立着的几排平房里有一处是她们的家。年轻时是上海人，此刻是沙漠老人。她们说以前没有蔬菜，得过夜盲症，风沙揉进过眼里，她们坚持种树。现在什么都有了。她们的神情是满足的。树坚持种了下来。用手扶着自己的孩子一样，扶大了一排排的树木。

皱纹里的故事，补丁里的细节，诺木洪农场装进了我的心里，与埃菲尔铁塔并排而立。

选自《诗潮》2016年第5期

一座山翻过另一座山（外二章）

任俊国

溪水打着招呼往下走，父亲沉默着往上走。偶尔，父亲也在溪边的小石潭口停下来，洗洗手，掬一捧水，扯过潭底的一片青天擦擦脸。如果渴了，就喝下一口清冽的溪水。我相信，山的情怀就是这样走进父亲胸腔的。

溪水是山的血脉。喝溪水的父亲，如山。

当父亲翻越垭口时，一座山翻过另一座山。

四季与他擦肩而过。

翻越三月的垭口

深受田地正统教育影响的父亲，根本不屑一顾山路发布的花边新闻。

何况，春天在他的背篓里。

背篓装着树苗，父亲要去山顶扯起一片绿云。

父亲身后跟着他的老牛。老牛是地道的文盲，把路边潦草的文字和花哨的图片一股脑儿啃进肚里。

几个连续牛哞，或许老牛对乡村八卦也过敏吧。

有些古板的父亲能听懂蜜蜂对一株庄稼的甜言蜜语，却选择性地看不懂蝴蝶与野花的恋情，随手就拔掉一则头条绯闻。

垭口上那些更加古板的石头也在皱纹里开出花来。入乡随俗的老牛也不知何时在角上斜挂着一枝艳丽。

终于，父亲忍俊不禁。他坐在垭口上歇息，随便把春天从肩上放下来。

翻越三月的父亲，站得比春天还高。

每一次卡带都是心痛

季节又回到秋天。

当父亲翻越垭口时，总能相遇风花雪月的事。

满山的芭茅花如一支支雪白的羊毫，把天空描写得苍茫而高远。天空的狼一定还在，把羊群撵得无影无踪。有一群羊逃进人间，白云一样流过垭口，隐进芭茅丛中。

风吹。羊现。

父亲弯腰下去砍倒芭茅。羊群浮了起来。

一只奔跑的黑山羊如一道黑色闪电划过垭口。

在失水的秋天，芭茅瘦得只剩下白了。也很瘦的父亲，能一次背起山一样的芭茅。冬天未来，雪线已经下移，从垭口走向村口。

巴茅锋利的叶齿划破父亲的手指，一滴苍老的血滴落垭口，染红了过路的夕阳。

山路是一盘发黄的胶带，当我按下时间的快退键时：那个熟悉的越来越佝偻的身影一直在翻越垭口。背景里，月色和一场大雪被镜头越推越深。

时间回潮，每一次卡带，都是我的心痛。

选自"我们"微信平台2016年2月20日

山野如我沉默（组章）

左　右

秋时光

无数的月亮，从水里跳出。
无数的灰，回到天空。

风在凉亭下，备了上等好酒。要是我表舅此刻还能回来，那该多好啊。

月圆了，没有人说话。在乡下，表舅家的老牛啃出无边的荒草，啃出大山的空旷。牛羊结伴进出，传送着深秋的暖情，我羡慕了一阵。我小跑着翻过山丘，荡着牛鞭失声痛哭。

我被树枝跌了一跤。树枝打着我的肩膀，像刀刃打着我时一样的温度。

所有长得像李白的人回家了。有半数的人裹紧衣角，吟诗成风。他们让无数的句子，挖走月亮身上最坚硬的部分，以及湿漉漉的黑雾。也有人，赶着羊群，轻敲柴门。

请酒鬼们原谅秋天，原谅她多情迷人的想象。

舅，把那些失散在乡野的萤火虫，也驮回家吧。

夜　晚

我相信，只要我不说话，山野同样如我沉默。

是的，河的耳朵聋了，嘴巴哑了，随后，我的村庄，也不说话了，它们从来不说，就像声音在这个世上不曾有过。在麻雀的记忆中，夜晚的星空，从没有洪亮过，别说是静悄悄的蛐蛐，喜欢一展歌喉的夜莺。不知是谁，建立了一个没有声音的王国。有人只记得，很多年前，远山和蝴蝶，从山的那边闯进来，入乡随俗之后，不知不觉也学会了用神的唇语与夜晚对话。

我想我也是这样。

收　割

一根一根倒下的玉米秆，把一只只鸟吓哭了。秋天在我的镰刀之下，霍霍发光。我感觉自己，手里收割的不是玉米。它们离体的秆上，渗着白色的血。蛐蛐和蚂蚁，在它们的面前，炫耀另一种喧嚣的活着，并吸走它们储藏已久的精气。这个时候，只有一堆堆玉米棒子以及它们的根须，能够安慰思想的罪恶。

我低着头，不敢望天，我踩着地，轻轻的。

粮食啊粮食，秋天啊秋天！

我的心，开始暗下来，像一盏灯，有时刻被吹灭的伤痛。

故乡的月光打在我脸上

我听见月光急促的呼吸。

每一小块呼吸很暖，带有鸟鸣和泥香。月亮低下头来，吟唱李白和苏轼的诗句。有谁说，月亮不是一个诗人？它被诗人抒写，又被故乡掩藏。

无言独上西楼，月如钩。理想总被蔚蓝的天穹浇灭，也被带刀的弯钩刺伤。月光款款落下来，像一块块刀子刺进夜的心脏，刺醒了星群，慢慢将黎明刺亮。

故乡的扉页，总写在不易被发现的地方。还在异地迷路的蚂蚁，鸟群，蜗牛，蒲公英，会行走的种子，它们将所有的大树，当作落脚的驿站。而所有的驿站，只不过是月亮的最后一站。没有一朵花，喜欢在夜里开放。只是个别的昙花，它只不过是想在暗处，看一眼自己出生的地方。

月光打在一大片岩石上，像极了我的脸，我的往昔。一大片脸上干瘪的肤色，发出一道刺骨的亮光。

云深处

所有的水不能称作水，比如泪水。

一只灰鹤从云松下掠过，嘴里叼着昨天的云朵。满山红叶是白云深处的人家。它们深居在大树与小树隐没的地方，隐居在小草与花朵争艳的角落。

云深处，枝头摇曳的柿子是天空挂在人间的灯笼，静若白驹。据说吃了柿子的鸟群，昆虫和人们，都会得到甜涩的福报。我搬起一块被阳光洗净的柔石，坐在柿子树下，和每一只爬上我手心的蚂蚁，一同品赏这人间的美味。我依靠在树下，抱着大树，睡了一会美美的觉。

一滴水就是一场梦，它将秋天的时光垒得和一棵树一样高，和一朵云一样白，和一棵树一样幸福。我发现了这些有关树洞的秘密，激动地将一滴水从眼中流下来，它们是那么甜涩，滚烫，带着土香。

云深处，云烟像花朵一样，悄无声息地翻滚，又悄无声息地回头。

"晚来归，秋风紧。请为不知归路的鸟儿，静吼两声，让它们找到回家的路"。

选自《扬子江》诗刊2016年第4期

守门人（外一章）

邹岳汉

时近黄昏。

目光散淡，步履蹒跚而急切赶着回程的夕阳，意外地撞着了玻璃幕墙上天光云影变幻的一幢高楼，生铁般冰凉僵硬的屋角。

咯噔。滚落一粒熟透的相思豆。

渐趋沉寂的小街，霎时陷落在一片迅速扩展开的，茄紫色的阴影里。

晃动。一顶破草帽。

一只满布筋络干柴棒似的手臂，麻利地操纵一把用铁丝扭制、简陋而轻巧的钳子，认真深入地，翻捡着守门人刚才倒进砖围里的一堆垃圾。

一边是随手随意地抛弃；一边有人专注细心地去拾起。

回头一看，四目相对：浑浊而漠然的瞳仁里，竟然闪射出灼亮的光芒。

——那不是秀……

——老鬼，还没死呀！

——还真是你?! ……嗨，头发也都全白了啊！

守门人急忙转身，返回栅门旁那间低矮的小平房，打开床头那只上了锁的小木箱，抖抖索索地，掏出某个节日留下的半包糖果，赶紧走出门来——

一堆刚刚被翻捡过的垃圾。

一个低沉嘶哑的声音，在骤起的晚风中，喃喃地，诉说着什么。

（一只黑色的流浪猫忽闪一下它惶惑的大眼睛，从城市的某处缝隙间溜了过去……）

山石与道路

多灾变的白垩纪。某个火山口一次难以自持的绚丽爆发，产下个患自闭症的孤儿。

一出生就待在了这里。期待着有一条为它而开辟的道路，逃避与生俱来的孤独。

然而始终没有。而你在茫茫然的期待中一年年苍老。青苔积怨。固傲地昂起被时光一再扭曲的头颅。

叽叽喳喳三五成群的飞鸟前来探访过了；

你说，它们只是唠叨些与你无关的爱情。

天真烂漫的蜜蜂蝴蝶几番结队而来，邀请你一起去游历百花盛开的原野；你说，它们只是为了迎接与你无关的春天。

轻盈窈窕的朵朵白云，无数次地从你头顶飘过来又飘过去，总是那么依依不舍；

你却将一双呆滞的目光，投向天边那片与你毫不相干，转瞬即逝的晚霞。

于是，长年蹲守在通南达北的路口，摇首浩叹：没有路……

而最不幸的是，你在长久漠然的等待中，熄灭了内心存留的那一团火焰。

选自《山东文学》下半月刊2016年第1期

树巢像一面旗帜（外二章）

杨金玉

高高的白杨树捧着鸟巢，像捧着它的孩子。

像一面画着鸟巢的旗帜，鸟的图腾在风中猎猎。

鸟巢不知什么时候挂在树上，一定是在我没有看见的时候。

鸟悄悄地筑巢，它并不惊扰谁。鸟巢是飞上去的。

鸟知道那些树枝、树叶、细草、羽毛是怎么飞到树头上。

树和巢组成一幅图画，一个静谧、祥和的画面定格在一幅摄影里。谁都能为她起一个诗意的名字。

树上鸟巢跟天空又接近了一步。

鸟试图把巢筑在天空。甚至想筑一个会飞的家，天空才是鸟的故乡。

为乌鸦正名

在民间，乌鸦被视为不吉利的鸟，它背着一个坏名声。

乌鸦偶尔光顾村庄，滴落几声鸦鸣，却砸痛了一些人的心。三两孩童弹弓齐发，乌鸦逃走了，落在一棵老树上。不曾想又落进了马致远的小令里。"枯藤老树昏鸦，小桥流水人家"。乌鸦成了断肠人在天涯。

一个叫伊索的家伙，专门用寓言编织笼子。把乌鸦、鹰、狐狸、白天鹅圈进去。让它们嘲笑、戏弄乌鸦。然后编成故事满世界宣传。乌鸦名声扫地。

我总想找一些赞美乌鸦的词句，爱屋及乌总算好一些。

终于找到了"羊有跪哺之恩，鸦有反哺之义"，仅此一条足以为乌鸦正名。

乌鸦在天空飞，比其他的鸟都耀眼。

天空可以包容所有的鸟。

两只鸟

我仰望天空中的两只鸟。叫声是发自心底的欢快。

通过两只鸟，我测量天的高度和鸟笼的大小。

两只鸟追逐。上下翻飞，相互倾诉。我看不清它的表情，从鸟鸣中我深入它的内心。

白云是它的巢，星星是不眠的灯光。

鸟愿怎么飞就怎么飞，天空从不指手画脚。

像李耕的"鸟，以飞出的各样图形，让云雾不单调，让阳光和风不寂寞"。

飞天的翅把故乡擦拭得明亮，恩恩爱爱，享受自由。

选自《伊犁晚报》2016年6月30日

丝绸之路，从诗与酒的古城出发（外一章）

李　东

丝绸之路，从诗与酒的古城出发

这是一条充满艰难险阻的探索之路，从诗与酒长安向西进发，迂回出一段峥嵘岁月；这也是一条金色的道路，横延亚欧版图，一路闪烁着勤劳和智慧的光芒。

羌笛悠悠，传送着不老的歌谣；驼铃声声，依然在天际间回荡。

翻阅历史的经卷，就是打开盛世华夏。古都长安，这座八水环绕的怡人之城，处处隐藏着文明的密码，秦砖汉瓦里残留着昔日的辉煌，美酒浇灌出的盛唐诗熠熠闪光。

巍巍秦岭山，是一阕豪放的词，彰显着无上的威严；滔滔渭河水，是一首婉约的诗，流淌着猜不透的心事。

这是丝绸之路新的起点，我们沐浴古城的底蕴和诗歌的光芒，创造新的文化亮点；这是新的起点，我们对饮文化的佳酿，让绵柔口感和悠长韵味，沿着新丝绸之路，飘香远方！

长安酒局，终将酿成珍贵回忆

或许我们并不陌生，在网络的世界里，我们都曾是躲在马甲背后，让思想发光的人。抑或，我们只是在彼此的文字

223

里取暖，将相识的期待酿成了时间的美酒。

在长安，这片被文化托起的古城，我们相聚在火热的季节。我们不谈及远方，不谈论来时的路，连同火车洞穿秦岭深处的慨叹和飞机掠过秦岭的惊心动魄。

因文化相聚，我们不谈论文化。相见恨晚，抑或一见如故，都不必谈及。

忽略所有因素，让我们的相遇像是一场酒局，简单到只是酒局中的一次碰杯而已。我敬你，或者你敬我，这都无关重要，重要的是要有好酒，不必奢侈，但一定有非凡气度，要一打开就能散发出浓浓的文化气息，一碰杯就能感受到彼此的真诚，一喝下就能沉淀出最珍贵的回忆。

选自《延河》下半月刊2016年第8期

丝路独语（三章）

王　琪

丝路上的落日

落日硕大、浑圆，火球一般向丝路缓缓沉落。红色的幔帐裹着西天迷人的气息，闪烁着，闪烁着，分外耀眼。似乎要和遥远的地平线亲吻、完全融合，才肯挥别离去。

它会刺痛你的双眼吗？它会让一路向西跋涉的脚步因此停下来吗？

天地之间，一切都那么渺小、微茫，如梦如幻。万物涂上了金黄的油彩，凝固在本已黯淡的时光表层。灵动一现的那只秃鹫飞过孤霞，跨过时隐时现的远山，带来苍茫中的福音。

这宏阔中蕴藏着巨大的宁静，却无法让我宁静。躁动不再，喜悦占据心头。我一次次沉溺于它沉落前的从容且自由，沉溺于它令人叹为观止的一幕。

胡杨、沙梁、莎草、牛羊、毡房无一不回到原初状态，浸染余晖之美。即使夜色降临丝路，我瑰丽的想象还处于游离状态，远不能被吹来吹去的风——吹走！

凹陷或凸起部分，都必然是久远岁月勾勒出的清晰线条。当落日从丝路渐渐隐退，那个满面沙尘的人，那个久久不肯离去的人，那个愿意让金色光芒穿过身体内部的人，我敢肯

225

定，不只是我一个。

丝路上的鸟鸣

鸟鸣打开的早晨，我独自一人在河西走廊的胡麻地里漫步。小白杨停留在近处，河水从这里拐了个弯向东流去。

高岗之下，空茫无际。只有河滩上奔跑的马匹，在草海深处形成绿色的旋律。旌旗猎猎招展，但却无战鼓擂响。

百亩林带，异常幽静，可栖息、可欢歌、可采摘花朵，但不能大声言语。我惧怕，一不小心惊扰了或清脆或低沉的鸟鸣。

一声鸟鸣，我就要醒来，就要上路；像季节的嘱托，更像亲人的叮咛。

听到鸟鸣，仿佛就看到云岭与雪杉并立而行，它们走在时光的前面，等待黎明升起，与暮晚降落。那些窸窸窣窣的声音，为这斑驳的树影赋予一层朦胧的诗意。

天空深蓝，悠悠白云载着高原人深情的颂歌，春秋几度。

而时常高一声低一声的鸟鸣，是丝路上，再优美的歌声也不能表达的原生态。

丝路上的大雪

鹰隼展翅盘旋，又很快藏匿于午后的山野。一种更大的静寂，旋即来自空旷的河西走廊，来自冬日内部。披一身长安的雪，我不顾千里之遥，原来是为了赶赴这场苍茫深处的生命盛宴。

226

天地昏沉。沉湎既久的事物遗忘在来时的中途。一场丝路上纷扬的大雪，掩盖了伤痕，掩盖了时间的真相。

风暴呼啸而至的时辰，牦牛安详，羊群归圈，牧者围坐火炉对饮纵歌。跳跃的火苗，映红了他们古铜色的脸庞，旧年的苦难，已化为一股云烟，融入远去的似水年华。

这是一个人可以隐姓埋名的地方吗？这是灵魂依附天地的地方吗？这是可以让人孤独、绝望甚至埋葬苍凉青春和意志的地方吗？

上苍无言。死亡的气息弥漫天地。

忏悔吧，向浮世和摇晃的倒影，向一个人的晚年。湖泊结冰，道路封锁，今夜，丝路上反复无常的大雪，除了阴暗，绝无杂音。

选自《文艺报》2016年5月9日

岁月心头

栾承舟

旱

四野沉寂，赤身赤心。呢喃着的雀鸟求偶之声，饱满鲜艳，在风中，
宛若一朵朵野花悄然舒展……

一只彩蝶自远处飞来，它翅上的残雪呀，已被风吹净。
季节心中的野草啊菜蔬啊，急待返青的小麦啊，一种前所未有的强大，呼唤着水。
沟渠边的小花瓣，像一群鸟儿扇呼着翅膀，它们渴盼的雨丝云雾，都没有来。

很久很久就没有雨了，唯一些尘埃颗粒，翩翩落着。
什么时候，干渴才会变成天上的河流？

羊儿不说一句话，它一边吃草，一边等待着献出肉身。
它的隐忍，聚集着世界上所有的美德；以及，一个族群透心的怯懦。

不像是风，是干渴、饥饿在它的心中，苦苦等待着天降

雨露……

采菱曲

江南水乡，荒滩野地，泥是热的，风是湿的，出美女爱情，也出诗词歌赋。

水杉芦苇，肥瘠相宜。风中，一抹清辉浮动。

那双藕白之手，在岁月里，一如既往的纤秀。她们，活在诗中的感觉，照亮了千年之后。

戴蓝头巾，躬身劳作的俏妹子，美女子，她们手执一只红菱的样子，像极了我们的女儿。

她们，将人性交给植物；她们的爱情与美丽，开花了。

健康之美风情之美，交给了百鸟千树，星星大地。

此时，依稀闻得她们传送千古的歌声，不想，却是从《诗经》中发出来的，闻之不由醉魂酥骨。

路过某个小村

风在云中眺望，而草，一直匍匐着，奔向山顶。

一片又一片大段的静，蜷成木叶，不住念叨着三千弱水，无一瓢饮。

风吹岁月，处处都是干硬的饥渴。鸟的飞翔，已然枯焦。

每一块墙砖房瓦，像岁月，厚如月光。

街巷，有一双老眼，那两口深井，没有了清且涟漪。

每一样草木都素面向天，等待着天降雨露。

儿孙们背井离乡，他们，或许像鸟，在楼林里有了一根栖身的树枝。

或许只是瓦片砖块，与世无争，与人为善，无以言说。

只在闲下来的时候，心中，才会想起乡村，听到山峰展翅，蜂飞蝶舞。

一只狗，似乎连叫一声都觉得多余。

一只猫，肩背上全是老旧的时光，簌簌摇曳。

为这古、这静吸引，却于不经意间瞥见一个女童，她背上的书包与落山的晚霞，成为村落里的两个最美的梦想，亮在我的心头，亮在，

岁月心头……

选自《延河》下半月2016年第6期

滩（外一章）

田 淼

滩分九节，每一节都风采依然，仪态万端，任人刮目相看。

热情随风起舞，笑脸儿灿烂如花，滩里滩外风光驾临每一个角落，心连着心，心暖着心，性格坦露在外，全是粗放与豪爽。

滩上，沙石佛性自如，横着，竖着，都六根清净，流水分外清澈，湘江一路走来，将叹息雕刻成画幅，将江花堆放在人间。

巴茅草在滩上漫延，本色而地道，青翠是使命，坚韧是命运；在沙石中，它们正本清源，淘尽风花雪月，淘尽闲潮涨落。

柳影静如处子，夏荷密集如盖，枫叶流丹，寒水自碧，九节滩，山光水色，一年四季喂养一座城，不废千古，不灭万代。

岸畔建筑成林，幸福不断抬高自己，让每一粒沙石都心旷神怡，甚至高入云天，与星辰比翼，与日月争辉，将城市的理想写进云霞。

滩，脚步在悠闲中此起彼伏；

九节滩，脚步补密了满城的无聊与空虚；

九节滩，湘江铆住了城中的每一点细碎，不让城市的骨骼散架。

九节滩，兴旺是麦浪翻滚，风一吹，便拂向黔北的怀里。

一条江与一座城的依偎

在黔北，一条江穿城而过，一脉灵秀的点缀，让一座城顿然活力四射，受宠若惊。

一条江，远道而来，用流水说话，用涛声朗诵，用欢腾的江花别在一座光荣之城的胸膛上，闪闪发亮。

一条江，远道而来，盘踞在一座城的腹地，一路奔放的梦是永远燃烧着的青春焰火。

一条江的气派托住一座城巨大的形象，让一座城在群山环抱中气度非凡，枝繁叶茂，大音希声。

江浪兴奋地吞吐日月，筑起一座城岁月峥嵘的城墙，那些曾经沉寂下来的枪炮声是一条江的花环，更是一座城的记忆与宝藏。

不要说一条江一去不复返，时光常在一条江里起死回生，生活在江边，一腔幸福尽可高歌，满眼画卷尽可抒怀。

生活在江边，时光永远年轻，一座光荣的城永远年轻，黔北永远年轻，这里再不会有沧桑的岁月走过。

一条江以澎湃的精神滋养一座城，一座城以巨大的包容感恩一条江，一条江用坚韧串联起来的一座城，再不会有烽火燃烧的疯狂。

一条江的宁静演绎一座城的宁静，一条江淘尽了一座城的颓废，淘尽了一座城的低调与叹息，一条江把所有的福音都留在一座城里结出丰硕的果实。

一条江恩赐着一座城，一座城簇拥着一条江，一条江是一座城的血管，一座城的血液在一条江的沸腾里流淌，活力无限。

朝阳与晚霞将一条江染红，也将一座城染红，更将整个黔北高原染红，放射出光芒与希望。

一条江与一座城相依为命，它们恩爱的样子，供万姓景仰。

选自《源》2016年第1期

天上人间都有风（外二章）

徐澄泉

树梢，牛角，我的头发。

还有风。

如果它们被风拔起，天天向上，拉远，疯长，成为伸向天空的大胆想象，成为撒向大地的蓬勃现实，你就一定会接收到一些发自天堂的信息。

譬如：

天上也有一棵树，叫月桂。趁着夜深人静，你可翻越人间的墙头，攀缘高高的云梯或风的触须，偷偷进入神秘的月宫，窥视嫦娥载歌载舞，吴刚伐桂酿酒，发现人间悲欢离合、天上阴晴圆缺的绝对秘密。

天上也有一头牛，叫牛郎。你可乔装打扮，借他的真实身份，随风潜入银河的鹊桥，密会他的情人，即是会见你的情人，重温旧梦之余，回头反观或俯瞰人间形形色色的爱情。

天上也有一个人，叫上帝。至于上帝，以我的经验和浅见，怎么对待都行。你可以敬畏他，从而疏远他，甚至忽视他，鄙视他，痛恨他，消灭他，让他随风飘逝。你可以敬仰他，尊重他，亲敬他，爱戴他，让风吹拂他珍贵的美髯。

对了！所谓上帝，原本就是你家和蔼的爷爷，或是亲切的外公。

捕鱼记

左手掷出一块石头，右手拧起一条肥鱼。

我在梦中水面模仿远古初祖，以朴拙的技法生存，或者劳作。

以及古朴的歌唱——

"断竹，续竹，飞土，逐肉。"

我把一条鱼的纹身，当作象形文字理解。

正是梦醒时分。一轮明月挂上树梢，鱼眼眨动夜空，挣破一张巨大的网。

选自《星星·散文诗》2016年第5期

数羊，或催眠

一只羊。当第一只羊出现在山岗，青草就绿遍了我的双眼。我毫无睡意的思想，像一阵风，越跑越快，很快跑到羊的前面，翻过这座山，越过那座山，不见了。

两只羊。思想围绕羊儿转，转了左边那只，又转右边这只，转了右边那只，又转左边这只，忽左忽右，忽右忽左。两只羊，转晕了，倒地了。

把第一只羊从山那边找回来，让晕倒的两只羊活过来。三只羊，围绕我的思想转。一只在天上转，像猛禽向我俯冲；一只在河边转，挡住我的去路；一只在山谷转，断了我的退路。三羊为谋，为我布下天罗地网。

四只羊。羊群煽起愤怒的火焰，向我燃烧过来。我在劫难逃，化为灰烬。唯有一缕侥幸的魂魄，躲进袅袅烟尘，飞往天国去了。

咩！咩咩咩——

五只羊，六只羊，七只羊……

羊群高唱胜利的凯歌，羊群施展催眠的巫术，一只一只，把我诱入到它们的梦境……

选自《中国诗歌》2016年第9期

故　乡 （外一章）

蒋登科

我和土地有着说不清的血缘。

挖地种田，放牛打草，走路爬山……没有哪件事不打上土地的印迹。

好多人说，已经回不去故乡，出门时的路已没有踪迹。

我是沿着一条泥土的山路找到故乡的，那也是我离开时的路。

我很庆幸，当土地变成高楼，被钢筋水泥所霸占，好多人已经找不到故乡，而我的故乡依然安好。它偏僻，安静，从不高调，也不追随。沿着山路，那生命的血脉，我依然可以找到回家的路……

路上的泥浆或许不认识我的鞋印，熟悉我的小树早已参天笔立，那些小草繁衍了一代又一代，勤奋的小蚂蚁拥有了无数子孙，叽叽喳喳的山雀肯定不是原来那一只……

但我毕竟回来了，沿着老路走回了老家。

我也开始老了。

在自然博物馆

这个地方很大，可以长很多树，站很多人，而且有很大的房子。

其实也很渺小，只是占据了地球上的一块地皮。

237

它的大，是它收藏了历史。

它的小，是和我们的参照系有关。

在宇宙中，地球很渺小，

在时间的长河里，人生很短暂。

在众多生物里，人只是其中的一种，与小草蚂蚁是同类的。不同的是，人会思想，总是在试图改变和拯救自己，于是我们才关注历史。

如果人类在历史中都没有所思，那么我们真的和其他生物无异。

漫步在自然博物馆，我们体会宇宙变迁的历史，地球的历史只是小小的一段，而人类只存在了一瞬间。

我对儿子说：人很渺小，一定要好好珍爱自己。

选自《源》2016年第2期

我怕辜负了无限流年（节选）

水晶花

1

像我的嘴唇，手术室的刀子
是软的——
豆腐心也是软的，它可以解放全人类，
这是神的语录。那时，众生有高高低低的白云，我有深
深浅浅的睡眠。
莲花慈爱。莲花在我耳畔久久地打坐。

醒来便是重生。
继续欢愉。继续，爱——
爱青菜萝卜。爱五谷杂粮。
天上飞的，地上跑的，
我都爱。爱你，爱你的过去时现在时和将来时。

窗外，夏花灿烂，衣袂乱飞。
那时——
我卧在云里雾里。我从哪里来，又失联去了哪里？
亲亲的神，你是我的东南西北。我的五湖四海。
我今生的选择题。

2

我现在活得像一枚保鲜的感叹号，但那时我差点活成一个冻僵了的句号。

生存之道必须高于野草。

这是硬指标。

是你这辈子下的赌注，在体肤滑落的时刻为我扣紧了生命的纽扣，那么，我要统率你后院的烟火。

那么。请藏好消声器，请引领高山流水，

不必敬礼。为我鼓掌，

高潮版的——

我呼啦啦召回体内的虾兵虾将，神气得像个打了胜仗的女英雄。

火急火燎，给不忍触碰的童年捎去厚厚的家书。我多么爱盐井村的稀有民族。家书抵得过万两黄金，扶正了那条病恹恹的河床。

4

花开花谢，不仅仅争朝夕。

那年。一颗成熟的桃花痣日夜为你翻山越岭。你幅员辽阔，夜的钢琴曲传遍了黎明前的好山好水。

不仅仅争朝夕——

嗯。到了八月桂花开。七夕的紫葡萄颤了一树又一树，我这几斤几两的心思你要弄醒豁。

八月的向日葵圆满，夜莺彻夜难眠，做了现实主义的逃犯……

5

我包裹好岁月的老茧。

这双写满错字的手，依然不安分于一张空空的白纸。

写满长句短句。长亭短亭。

我怕辜负了

无限流年。

流年，无限——

我在射线一样的人生路上掉队

紧赶慢赶。

风，吹了一季又一季。黑夜为什么总会为我变成白色……

多好的往生啊，虚构一座城池是一件特醒脑子的游戏。莫等闲白了老年头。

谁有资历照耀这卿卿江湖？

6

呵，处处闻啼鸟——

我谦虚得紧。我们有意错过繁花，但，这八月的桂花酒，
像个憨媳妇拉着你的手。

窗户纸是一只拉长调的蝉喊破的，你看我们老式的
木格窗。绣花鞋。
谁来为你我的脚印穿针引线？
月亮在路上闪了腰，谁来救救那池塘里的水？

秋天的枝条不堪肥美。
嗯。你远远看见——
我的眼睛仍然有妖魔化的邪念。
不思悔改啊。
梦里梦外，太不淑女了。

9

玫瑰带刺，有侵略者的倾向，你这一生都在躲避它。爱
兰花的清香，爱夜来香的苦难，爱向日葵的朝气。
桂花香是祖传秘制的，你就多爱那么
一点点……

天啊，这满纸的荒唐言，这泡沫式的

冷抒情，

不哼。不恨。

我们互为表里。

不说谁是谁的因，也不说谁是谁的果。在尘世，我们
要活得像一株明亮的植物，即使忧伤，也不蔓延到拾荒的
分针上。

11

"这样审美是有问题的"。

我对高跟鞋有过一次人身攻击，高跟鞋让我兴奋过，它
刺激过我苗条的身子。

其实，穿高跟鞋的身子有些晃，稳不住
摇晃的背影。
你说这是不是有点酸葡萄的味觉？

你说幸好我看不见天上的那些星星，不然我会据为己有。
我会是坏坏的地主阶级。
我会霸占它们千万次
的平方。

13

人世喧哗。人们流行对排行榜上的优质美女品头论足。

存在即是合理。

我们只管按住自己的潮头，允许折旧的身子走向歧途，
以便它们在来年的春天
继续作秀。

允许白银铺满我们的双颊，这雪一样的火焰
魅力四射——
请关照大地。
请彼此仁爱。

是的，流年似水。我没下过火海却上过刀山。
我显山不露水。
亲亲的神，我多元化的爱在你险峻的体肤上
是否日臻成熟？

选自《诗潮》2016年第9期

夕阳挂在树梢上（外一章）

雷　霆

　　夕阳挂在树梢上，鸟巢像空茫的眼睛。再有一袋烟的工夫天就要黑了。风中的河谷

　　飞舞着一两片雪花，她们想要躲开自己，回到更加寂寞的心灵。骨头里的冷，够得着月

　　光里的寒。年关将近，空气里的味道，似要传达一种远古的精神。

　　我们想的不多。在这条河上，不断维护着阳光下的生活。有一瞬我看到月亮悬在头

　　顶，她提醒着梦想的高度。这季节我们是哪也不去了，身陷官道梁，细数日子里的阴晴

　　圆缺。我们不急不慢，有足够的财富度过冬天，土豆安身窖中，枣树上挂满了一连串的

　　玉米，山柴码成垛。

　　辽阔的美！被一点一点的黑暗收回。在河谷上走动的人像几个移动的黑点，不断靠

　　近有炊烟的村庄。铁环，滑车，铁蛋蛋一样的童年。还有谁像我这样日夜奔波，依然两

　　手空空？

　　犹如告别一年又一年的漠然。我惦念的不是别的，我们不和梁外的世界一般见识。

　　已是腊月了，日子还是往年的模样。只有想象中的远方，

处处白雪。

夜宿碛口

我们不经意说起一条河和它的远方，说到一个人和他的一生，大水开始滔滔。星辰在上，时光里的碛口像一幅泛黄的古画，我们目送它在霞光里渐趋清晰。我们说着它远去的帆影，和艄公忧郁的眼睛。

守着一条河是幸福的。你看那客栈遇见风雨和不遇见风雨是一样的随遇而安，消瘦的酒旗，暗影里恍若一挂就是百年。这是大河的宫殿，借助月光梳理着山川。斑驳的记忆，有多少伤感隐约袭上心头。

商贾往来，有小商品的五光十色。月光下的小径是不是财富的翅膀在抖动？而灯火的尽头，窗棂深处似有儿女情长。总是在回首，一次次熄灭心中的梦想。而春天还在路上，四季分明的让人想哭。

我们还说到旧事物的古色古香。比如，瓷器，瓦罐，漆盒，油彩描过的早年牌匾。只是月光洒下清辉。我们坐在石板台阶上，说着夜色中的碛口，河风一阵比一阵凉。

选自《中国诗人》2016年第1期

《西藏》三章

黄恩鹏

措　那

阳光融进了湖泊，经卷被一泓大水翻阅。湖边叩长头的妇女，一路抚摸草木和石头。经筒转动。香烛的花瓣、岩画的叶子、桑烟的根茎，被身体一遍遍抚摸、触碰。

沿草木的缝隙绵延的，是通天的洞穴。八月的杜鹃，绵延成一只雪豹斑驳的皮囊。

一只高过了雪山的白鸟，把大团大团的阳光，运进了体内。

它向下俯冲，将闪电播撒；它向上飞旋，携云带雨，覆盖了苍茫的天穹。

千路慈悲，无人知晓轮回；万物仁爱，无人谈论墓碑。而人生的远和近、高与低，都似一只容量浅浅的器皿，谁都无法避开，最后的干涸。

只有高原永恒，只有湖水明亮。

车子从两山的垭口间驰过。我拉开车窗，吸了一口高海拔的空气，检验胸内的千尺大鸟。

工布江达

一群鱼占满了尼洋河，一些鸟举起了雅鲁藏布，一些风深入了米拉山口，一场雪辽阔了甲格江宗。前定的念珠不倦旋转，细小的文字走进了史籍的书页。

山涧小道，有一条是我走过的。山下几座石头房，围栏里几丛格桑梅朵，院子里几座木柴堆……这是昨天的场景。现在，一些牧人不到草原深处了，他们在路边向我兜售奶干和绿松石手链。场景和商业地区，别无二致。

我寻找圣美意境：蓝天。湖泊。风旗。雪山。生命幻境。古老圣像……可是，神祇在哪？孤独的王，闪亮的袍衣和镜框，我倾听到了谁的心声？我是否望见嘱托？我是否从圣者的背影里，读到了什么？

工布江达。我在此想着另一个被虚拟和阴谋淘空了的世界，一场雪悄无声息地下了起来。

望见鲁朗

雨中的忧伤，遍布了山上山下的路。在林芝，我听见词语唱歌。风吹大江，一路杜鹃盛开；云驭大山，一川虎狼逃亡。回忆远走，翅膀离开了云的家，大地和脚步一起流浪。雷声响过，微风的心脏，从根部到天空，无力承受，被遗忘了的悲伤。

硕根生于好土，巨树高过了天边的涛浪。比云霞柔软的草木漂泊着。落魄的故里、斑驳的城墙，遗失了谁的时光？

鸟翅潜伏，兽牙闪光；白月悬垂，大鱼闪亮。一位僧人将洗佛的净水泼入了大江。那些大水，便有了佛的体温。佛游动，遍地花香；佛飞翔，漫天梦想。一部打开的羊皮经卷，记载了人世的本相、族谱的梦想。

但我不能放弃最初。高过视线的针叶林，被经幡撕扯、漫漶，被大风吹成了浩大的慈水。让停步不前的我，感到莫名的惊慌。

选自《诗潮》2016年第5期

心尖上的春天

夏文成

向大地上那些卑微的植物致敬

它们不敢指望谁。一出娘胎，它们就只能自己养活自己。

它们命生得不好。一生只能死守在一个地方，它们甚至没有外出打工，或逃荒的机会。彩云之南的雨水越来越少，它们的日子，也越来越难熬。比如在这又一个干燥的春天，它们一刻也不能偷懒，连喘口气的时间也没有。它们必须不舍昼夜，往土层深处拼命扎根，捕捉活命的水分子。

放眼四望，田野里这些没爹没娘的孩子，全都身体枯干，奄奄一息。但它们仍然倔强地绿着，竭尽全力绽放出或鲜艳，或黯淡的花朵，献给这个无情的春天。

心尖上的春天

站在高处，故乡的春天，依然无遮无拦。太阳，如同一块粗糙的砂轮，锉掉了大地上仅有的一抹绿色。

往年此时，早已春深似海，淋漓的雨水，让万物思春，让种子想发芽就发芽，花儿想开就开。让小蜜蜂的辛劳，也有甜蜜的回报。

而现在，狂躁的春风，卷起漫天沙尘，搜刮走乡亲们内心仅有的一丝幻想的水分，将一场花事，扼杀在半路上。

逃离土地的我，面对乡亲的苦难，却无能为力，只能任由烈日，将我的心烤焦，任由心尖上的春天，提前凋谢。

到收割后的土地上走走

心里烦闷的时候，我喜欢到收割后的土地上走走。

携带上甩不掉的影子，在空荡荡的田野，秋风一样四处游荡。此时的四野，如四大皆空的高僧，端坐禅室打坐入定。夏日浓墨重彩的一页，被岁月轻轻翻过，只留给大地一片土灰和苍黄，与故作高深的天空，唱对台戏。

土地保持着一贯的沉默。之前的喧嚣，是风雨在肆虐，是繁茂的庄稼忍不住内心的躁动。而现在土地再次交出了所有的果实，变得一无所有，却依旧默然无言。

似乎一切都是理所当然。秋风一遍又一遍清洗着大地。也掏空了我内心的烦忧，如一株卸去重负的植物，一身轻松地站立在空荡荡的土地上。

选自《散文诗》2016年第4期

一半冷，一半暖

徐俊国

小鹌鹑

早晨，最干净是露珠，最幸福是池塘含着月牙。

我分开草丛，看了看我的灵魂，她拢着翅膀，睡得正香。

挖掘机，吊车，叉车，推土机……地平线上竖着一排灰色的牙齿。

侵略的一天又要开始了。

我抱起我的灵魂，她的身体已经地震。

左眼在沉睡，右眼流出泪水。

落　日

庄稼遭受着秋风的杀伐，落日在做着节哀的事。

它从患了面瘫的天空慢慢滑落，尽量减轻一头牛茫然四顾时的孤独和落魄。

大地一片金黄，但这不是一个丰收的季节，一年一秋，这是时光在视察万物的屠宰场。

我是一个被秋风打击过的人，只剩下"悲"的上半部分，"伤"的左半部分。

目睹落日砸弯了地平线和地平线上的小村庄，我回不到一个农民麻木的快乐中去了。

再等一等

失去了视力的小昆虫，在刺上赶路，如果悲伤再明亮一些，就能抵达玫瑰。

此刻，暮晚正在收集急骤的雨点和淡定的木鱼声声。

蓝蝶圆寂之后，才有资格回到鸢尾花的魂魄里。

灵对肉在进行最后的测试，再等一等。

百感交集的时刻即将降临。

我不在光明中，我在人世下面的冷尘里。

秒针弯曲着嫩绿的我，正抠去头顶最后一层薄霜和黑暗。

蜜　蜂

蜜蜂驾驶着黑黄相间的斑纹，在橙色的光线中起伏跌宕。

在油菜花、梧桐花、枣花、薰衣草花、槐花和时光的凋零中，它有足够的耐心，寻找与确认，爱与嗡鸣，痉挛与告别。

在花朵复瓣的闺房里，蜜蜂可以做斑点，可以成为痣，甚至愿意沦为病灶。

它有足够的勇敢，放弃祖传的手艺，自毁名声，死于花粉和蜜汁。

一半冷，一半暖

我可以忘却一生中最干净的荣光，最脏的耻辱，但忘不了娘纳鞋底时的姿势。

灯在土墙的洞里，我在温暖的被窝里，总是半夜，多半刮风或飘雪，娘总是背靠东墙，低着头穿针引线。永远像第一次教我数星星那样认真，娘的右半身被灯光照亮，左半身却永远是暗的……

我多想让她转转身子，换个姿势，多想让她的左半身也亮一会儿，暖一会儿，哪怕就那么一次……但我总是开不了口，所以娘的一生总是一半亮，一半暗，一半冷，一半暖……

选自"碎水流寒"微信平台2016年10月8日

一个人的纳木措

南小燕

当阳光遇见湖水，当黄昏遇见彩霞，当雪山遇见草原，当我遇见你……风便抚摸着高原的手掌，在梦幻中梦幻。

——题记

拒绝尘埃，有一种纯净在纳木措。

虚怀若谷，有一种深沉在纳木措。

放逐色彩，有一种自由在纳木措。

满目轻盈，有一种慈悲在纳木措。

怀揣坚冰与积雪，你仍然可以让鲜花开满岸边的草原，在这牛群和羊群的家园，人类已经退为背景了。我淡蓝的思想因这份安详而雀跃。此时，不再心怀壮烈，我只想在这千万年的光芒里徜徉，静静拥抱一个人的纳木措。

我突然有了与朝圣者一样的虔诚。眼前的诸多美好似一部不曾覆合的经卷，以风的唇语吟诵，以云的柔美蔓延，以格桑花质朴的怜爱将我重重包裹。

我想从这高原神湖里掬出一抹湛蓝，让悲欢沉淀期间；我想在发黄的稿纸上为你写一首情诗，在念青唐古拉山的肩臂上喊出我的想念；我想在这里独酌，酣睡，以自己的方式轻轻抚慰疲惫的灵魂。高原的孤独恰似我的孤独，这里的茂盛和荒芜，让如期归来的泪水如湖水一样圣洁，晶莹。我还要跌入这方蓝色的梦里，感受洁净的湛蓝，高贵的宝蓝，忧郁的深蓝……

我开始过滤低处的自己，奔波许久的人生，不再虚无地疼痛，那些流离失所的理想，那段痛彻心扉的恋情，那些争论不休的舌头，在充满禅意的时光里变得明媚而柔和。

我想重新孕育我自己，学习牛羊的悠闲，学习苍鹰的傲然，学习鸟鸣的清澈，学习霞光的美艳……这难以测量的深度，无边无际的广度，让世间的一切触手可摸又接近虚无。

雪山生出了明月。

在一个人的纳木措，我只愿意歌咏仓央嘉措的款款深情……

选自《散文诗》2016年第3期

与母亲书（外一章）

香　奴

妈妈，我坐在南海边，离你，不能再远了。

我是北方的逆子，此刻科尔沁尘沙满天。

妈妈，我心底有暴风雪的后遗症。我常在梦里抽搐和疼痛，我需要有人承接你手心的爱，给我；我需要蜷缩如婴儿，逃避落雪的沙沙声。

妈妈，判断一场爱有多难啊！他给我煮了紫糯米，他为我剥了山竹；他穿上我爱的浅蓝衬衣；他拉着我走斑马线，我还是不敢确认结局，不敢轻易伸出左手。

妈妈，这些坎坷和沟壑都不是你给我的，却让你最心疼。等花开得更多一些，我就接你来看大海。虽然这不比我的油画更好看，却能让你闻到海风和看到日出。

妈妈，别跟任何人说起我好或者不好——我怎么可以，活得那么简明扼要？

我终于坐在海边，我要等一个最包容的蚌，藏我于善意的黑暗，等待我，慢慢地生出珍珠的光芒。

艾　草

天还没亮，端午节的艾草就坐着毛驴车进院了。端午节的纸葫芦，挂在老家的屋檐下，与艾草在一起，等雨。

那是我不能重返的家园。童年的秧苗，在风调雨顺的年景里，拔节和抽穗，晚霞点燃了艾草，蚊子和小虫不吵不闹。静静地听，祖母的蒲扇里的微风以及纳凉的故事。

艾草的香味，贯穿夏夜。五毒不侵，我们安然睡在村庄里，艾草的篝火旁边。

时光漫长得无边无沿。

那是我不能重返的家园。

选自《北海日报》2016年6月23日

遇见月亮（外二章）

亚　男

那一晚的雪域，

风怒号，雪狂舞。

高傲的雪莲悄悄的在我身旁，退去所有虚无的言辞。稠密的阳光正在来的路上，你说。说这话时，微笑着。笑是那种浅浅的。一片雪冒着融化的危险，在雪莲上一再坚持。坚持到月亮打开深秋。

我用火去包裹月亮的身子。你说，一切的词语都是诗的外表。

语义是火。

火是月亮。

你喝酒的样子，是月亮的样子。

从一首古典琴弦上走来，胸腔里的风暴从未停歇。麦子，青稞，列队而来。我等待着发芽，在月亮的怀抱。

小小的。格桑花。一定不会偏执的。

洮河。就要抽穗了。

神祇。一粒粒青稞，和月亮在一起。

我遇见，一个酿酒的老人唱着古老的传说，摇摇晃晃抱紧月亮。

玫瑰畅饮今夜的花儿

甩袖的长夜，我要你再长一点。我不想起身。

外面，雪下了整整一夜，我想你接着下。寂地没有苍狼，隆起的山脉任由我穿行。我在山与山的深壑，高昂着头颅。

一片片雪，下在我身上，弹奏夜的悠长。

每一声引领着我体内的火。

在红与白之间，突出重围。

玫瑰。雪。

花儿在洮河岸上拉长了声线。清澈见底的声音，亦如你在江南的月色里，缥缈着古典的婉约和韵致。

我是黑夜里醒来的雪豹，青稞酒奉上我的玫瑰，在你来到雪域之后，我记住了心的疼痛。深知你是花中之王，出污泥的气节，天空和大地镶嵌了你的芬芳。

在雪中。

我不再是孤立无援。

浩大的雪，磅礴的蓝，绣了玫瑰的红。

我就是那个醉卧在雪中的男子，豢养了野性。

这玫瑰啊，用了我一夜的厮杀。血在酒里，酒在血里。

雄浑的疆土，苍穹之下，才有了我舒缓的片刻。

一张月亮的脸，已经醉成了花儿。

命里的青稞

鹰飞——

神祇。发芽。吐蕊。抽穗。青稞，在我血液里。

洮河两岸。葱茏。

摒弃了刀耕火种。羊在山上，云在天上，风在风中，只有雪无依无靠。我收留，那一瓣瓣的白。

不含杂质。

认识米勒应该就可以流芳传世了。

我不遗憾，春风度我山河。

一曲融化，粗粝，饱满。

我看到你在江南孕育的婉约，次第豪迈起来。一阕蓝，恰好。天和地，张开我的奔腾，我不羁的马，临空腾起。天和地，融合。

孤独的毡房，夜深。穿越无极。

我是你的鹰，奋力的飞在你的天空。

青稞抽穗，抽出一丝丝炉火纯青。更多的水到渠成，就是这蜿蜒的洮河。

骨头燃烧的鹰，雄性的鹰，亢奋的鹰。

青稞就要成熟，带着雌性，用我的一颗心酿造你的烈性。

生活的破绽，我都要用这杯酒来缝补。

安静，纯净。以最低的姿态，扎根雪域。

选自《海南农垦报》2016年10月14日

月光河流

姜　桦

身　份

我承认我异乡人的身份。承认自己像小草一样卑微。

但，我不孤单。

只要有风吹过苜蓿地的上空，只要有带雨的燕子飞来，有天空下一两声鸟的鸣唱，我的心，就会忍不住地叫出来。

一滴雨

一滴雨一直坚持在那根紧张的枝头上，一只鸟不停地活动，竟然没能够踩翻它。

一滴雨。一滴等在枝头上的秋天的冷雨，矜持，缓慢，它彬彬有礼，却不轻易告诉你真实的想法。

阴　影

闭上眼，我也能看清身体里黑暗的阴影，有适度的停顿、小小的删节。

我一直怀疑，这就是那个陌路人去年秋天偶尔对我说过的一句话。

我努力要把这些阴影清除掉。但，这是时间——这位白发老人给出的答案。

那句话已经长进你的身体里了，除非，你真的能把那个陌生人从你的心底里，一下子抽去。

一匹马有多少草原

这必是我最后的宿命！

——舞动鬃毛！每一匹马，一生是否都将经过不同的草原？

阳光滑过透明的树枝，从此，我要学会的就是，在一颗瘦弱的露珠上，留下时间和爱情的刻度。

春 夜

春天欢乐无边，整个三月，我一直注视那条通往远方的小路。

瓦砾丛中，一声猫叫猛然带出一记春夜的闪电。头顶玉兰树的紫色花瓣，垂死者，我只能这样，将舌头，伸出去一半，再留下来一半。

除了一棵蘸着雨水的麦苗，我已经无法再一次写到春天。

草根里的月光

最后，露珠从叶子上滚下来，月光也一样。

乡村里的月光，最终，基本都是烂在了草根里的。所以

月光才这么绿，月光才一直这么流。流过山羊的脚窝，一直，
流到一条条小河里。

向草根学习，学习它们如何度过这长夜；

学习它们面对平常生活的姿态。

选自《诗潮》2016年第2期

在异乡（外一章）

陈茂慧

将乡音努力隐藏。任白发在"青春"的头上疯长。

有些梦境，可以重复千遍，有些呓语，颠三倒四，翻来覆去，让乡音无从遁迹。

在泉城，泉水泛滥。它甘甜、清澈，温情脉脉。

柳枝依依，泉水盛下它们的倒影。天空是其恢宏的背景。

游鱼扇动翅膀，在水草间飞翔。

迁徙，是命定的。

我不是候鸟，多年前便拉着行囊飞赴这座泉水之城。之后，再难回迁。

故乡，在千里之外，梦魂深处。

泪水里回望。故乡正有一批又一批的游子远离她的怀抱。

无论季节如何变换，心的朝向始终是南方。

在异乡，需要捂紧胸口，稍不留意，就会有心伤。

在异乡，需要低下头来认真行走、认路，稍微分心，便会辨错了方向，走错了路。

在异乡，还需要常常登高，不插茱萸，少了整个世界。

我是异乡的一块石，可以是别人的垫脚石，也可让弱草依傍。它朴实、平凡，有时也暗暗发出点微光。

我是异乡棋盘上的一枚棋子，任你指挥进退、趋避或打劫，将死路走成通途，将生命做"活"。

微尘，是你也是我。我在你的天空自由来去。

故乡，端坐时光的另一头，总让美梦在光阴中泪水纷扬。

盐

马上就伸出双手相认，马上就展露亲亲的笑颜。当海水遇上岸。当你遇见我。

十万次的涤荡，十万次的徘徊。

海水上升，海鸥云集，海藻伸入海底深处。

高处有高处的舞蹈，低处有低处的沉沦。一片水葆有自己的荣光，一粒尘埃拥有自己的低喃，你我紧紧收藏自己骨质中的盐分。

一粒盐与另一粒盐相认，是合盐或者复盐。

有时，它们不需溶于水。它们酸碱适度。

在人间，它们调和着百味，以自己的光照亮人世苍茫。

"天地玄黄，宇宙洪荒"。风一吹再吹，水起波澜，山脉起伏婉转，泥土改了颜色，落叶翻卷，石头都要风化，万物都变了容颜。

而盐，人类之必需。在风口，它是盐。在水中，它还是盐。

它坚硬，会硌伤行走的脚底。它柔软，会捋平命运的褶皱。它善良，喂养肠胃。它以毒攻毒，阻止伤口溃疡。

阳光下，盐粒在歌唱。海水里，盐粒在沉默。

黑暗隐于光芒。路，分开田野。砖，隔开温度。声音汇聚，回响浩荡。

一把衰老的骨头，在汗水中、血水里、灵魂中见证：生命中的无盐之盐！

选自《北海日报》2016年9月1日

祖传的村庄（组章）

莫　独

蛙　声

先是一声、两声，像试嗓，或者试探，像前奏打招呼。

随接，潮水般从夏夜的胸怀腾起。漫无边际的风潮，干净、热烈，裹挟着早熟的稻香、清爽的青草味，和浓郁的田腥气。

蛙声把夏夜扩得又宽又阔。

繁星点点。偶尔，一颗星听得入迷，不小心松开了手从高空上脱落，成为流星流过半空被蛙声吞咽。

夜，一静，再静，尽可能地腾出音域，把嗓门让给青蛙。

一生谦卑的青蛙，此刻一点也不谦虚，亢奋、高歌、欢天喜地。

稻香翻涌，一浪浪扑向田上面的村庄。

蛙声推波助澜，让稻香一波急似一波，一浪高过一浪。

门口，一个失眠的童年，更加不知所措。

住在田棚的老人

从村庄到田里的路程，是一面长坡加上一条小河。

这亦是你一生劳作的长度。

劳动了一生的地方。一群鸡、一窝鸭、两头牛，是你的伴。

一片田，被你放牧成另一群牛。

田棚前，一块小小的草地，栽了五六种佐料，七八种蔬菜。

祖传的梯田。每天，你走在田埂上，走在祖先走过千回万回的田埂上，看水、铲草、补埂、防漏、清石、施肥……

早早晚晚，炊烟钻出田棚，袅袅散散，田园的上空弥漫温馨。

每个深夜，鸡鸭静了，牛静静反刍。你独守火塘，默默地期待自己的盛年、青年、少年，甚至童年，一一回到身边。

祭稻神

一年四季，每天跟随劳动下田的母亲，这次不带锄头，也不背肥料，背篓空空，独自一人被习俗带到多利河畔的水田边。

雨水刚刚过去，遍地湿淋淋的，稻禾的清香亦湿湿的，那么浓厚。多利河的叫声比往常提高了一些。

稻丛间，母亲的身子一起一伏，像一株正在抽高的稻禾。

感谢年景，风调雨顺，让每一株稻禾都齐齐地走在丰收的路上；感谢稻神，在七月的新米节，让我们有新的谷粒献给尊敬的祖先。亲昵地抚摸几下眼前的稻禾，母亲轻轻呢嚅。

很轻很轻，母亲看到稻神从身边经过，穿行在稻禾间。

壮硕的稻禾，一丘丘挤得严密、齐整，轻轻地摇晃着。滚圆的水珠，一粒粒从稻叶上滚落进田里，亦滚落到母亲刚刚搭起的枝叶的祭台上。

选自《中国诗人》2016年第4期

祖母的皮箱

韩嘉川

1

那只铁皮包角的牛皮箱在两条铁轨旁，标注着一段时光。

那个夏天依然很热，热得高音喇叭与青杨树一起吱吱响。

绿皮火车在远方喘息，知了的颤音撕碎了季节，砂纸一样打磨着心房的神经锐角。

那个夏天的红旗从城市的街道，沿着铁路，直插到田间地头。

坐在那只铁皮包角的牛皮箱上，没有布拉吉连衣裙的祖母，等待喘息的火车匍匐着到来。

而那一节节绿色的列车窗口，背信的情侣一样，没有如期出现在广阔天地的站台上。

那个夏天热得吱吱响。人们聚在大街上辩论一些比"瓜菜代"更重要的问题，甚至比草根、树皮和观音土都大的事体。

事体之外的祖母，用草绳扎起小辫，还有青葱与豆蔻，直到初识山塬与河流，而那时人们怀揣着洪水猛兽，大汗淋漓地到处行走。

没有布拉吉的祖母，穿着草色的衣裳，卷着袖子，坐在铁皮包角的牛皮箱上，引颈向铁轨伸出的远方。

2

荒野牦牛的一声长吼，干缩在铁皮包角牛皮箱的皱褶里，与层层蛛网一起，在房角结构着往昔。

经纬织梭密密编织的晨昏，积压在遗忘的库房；

老歌飘在城市花园的上空时，倒塌的厂房瓦砾，还残留着压锭的回响。

天空在流浪，迷离的阳光穿过房屋与街道，曲折地搭在床角，如一件旧衣衫，隐喻某件事物的背景曲调。

《原谅我》是一部电影海报的字样，情侣们的脚步，密集地踏过水门汀的石阶，落雪的黄昏扑打着眼际线，鸽哨擦过一扇扇窗子，地铁畅通了，今夜在何处落脚。

铁皮包角的牛皮箱在房角，上面结满了一层层蛛网。

3

天井与老虎灶也还将苔藓作为人间烟火的外延，而雨季走过的往日风范，随着戒指与高跟鞋的失落，预示着生活还将回到陈旧年华的边缘。

老门洞外面，湿漉漉的脚踝踩着乡间的蛙鸣、喘息和欲望，看高速列车风驰电掣地驶过，遗落的只有铁皮包角的牛皮箱，在两条铁轨旁，上面坐着困兽一样迷惘的祖母。

挟着皮箱走过一遭的祖母，仿如到生活的某处出了一趟差。随着车窗的掠过，往事终究还是走远；而困惑、忧郁与忧愁的面孔依然在身后，难以用橡皮擦掉。

地铁畅通了。《原谅我》的电影海报还在身后做背景面板，长久的注视中，没有眼泪。

街道。汽车。广告橱窗还有响起的手机铃声，还有微信和视频。在街角可以找到小马、草帽、磨盘、麦秸垛，还有粗粝的桌子和板凳，还有村子里倒塌的泥墙和蒿草掩匿的狗吠，一杯绿茶便可以虚构青春的场景。

却没有铁皮包角的皮箱。

即便一杯绿茶可以虚拟所有的往事，但没有橡皮可以擦掉皮箱里装载的蛙鸣、喘息和欲望，它们始终搁置在房角的蛛网里；即便拆迁的巨轮辗过历史的废墟，它们还在那里，装载在铁皮包角的牛皮箱里，与层层蛛网一起。

选自《山东文学》下半月2016年第8期

图书在版编目（CIP）数据

2016中国年度最佳散文诗选 / 龚学敏，周庆荣编. 一成都：四川文艺出版社，2017.4

ISBN 978-7-5411-4641-1

Ⅰ. ①2… Ⅱ. ①龚… ②周… Ⅲ. ①散文诗－诗集－中国－当代 Ⅳ. ①I227

中国版本图书馆CIP数据核字（2017）第068740号

2016ZHONGGUONIANDUZUIJIASANWENSHIXUAN

2016中国年度最佳散文诗选

龚学敏　　周庆荣　主编

责任编辑　　程　川　周　轶
封面设计　　马浩然
内文设计　　史小燕
责任校对　　蓝　海
责任印制　　周　奇

出版发行　　四川文艺出版社（成都市槐树街2号）
网　　址　　www.scwys.com
电　　话　　028-86259287（发行部）　028-86259303（编辑部）
传　　真　　028-86259306

邮购地址　　成都市槐树街2号四川文艺出版社邮购部　610031
印　　刷　　四川机投印务有限公司
成品尺寸　　142mm×210mm　1/32
印　　张　　8.75　　　　字　　数　　180千
版　　次　　2017年5月第一版　　印　　次　　2017年5月第一次印刷
书　　号　　ISBN 978-7-5411-4641-1
定　　价　　36.00元